릴리와 나

릴리와 나

모세아론 지음
이계숙옮김

좋은날

털북숭이 다리가
톡에게

나는 이야기꾼이다.
내 나이 이제 쉰을 넘어섰다.
나는 안경을 쓰고 헐렁한 바지에
하얀 물방울 무늬가 있는 검정색 멜빵을 매고 다닌다.
내 오른쪽 검지손가락에는 해골 반지가 끼워져 있다.

어느 날 네 살짜리 꼬마가 나에게 물었다.
"아저씨 같은 어른이 왜 애들처럼
해골 반지를 끼고 다녀요?"

역자 서문

이 책의 저자 모세 아론은 1944년 인도 북동부의 항구도시 캘커타에서 태어나 여덟 살 되던 해 호주로 이주한 교사 출신의 작가이다. 고등학교에서 영어와 역사를 가르치며 틈틈이 스토리텔러로 활동하던 그는 1978년부터 전업 스토리텔러의 길을 걷기 시작하면서 호주 전지역의 초등학교를 찾아다니며 어린이들에게 꿈과 사랑을 전해 주고 있다. 그런 점에서 정통 소설가라고 할 수 없는 그가 올해 처음으로 소설을 발표했는데 그 작품이 곧 〈릴리와 나〉이다.

작가 자신의 체험을 '마치 일기처럼' 사실적으로 써 내려간 이야기, 그래서 '소설이라고 이름 붙이기가 망설여지는 소설'인 이 이야기는 집에서 쉬고 있던 작가가 낯선 전화를 받는 장면에서부터 시작된다. 전화를 건 사람은 '어린이 병원'의 암 병동에서 근무하는 간호사이다. 암 병동에 입원해 있는 아이들을 위해 파티를 열기로 했는데 오기로 약속한 광대가 사고를 당해 참석할 수 없다는 통보를 받았으니 그를 대신해 참석해 줄 수 있겠느냐는 게 전화를 건 사연이다.

일단 약속을 한 작가는 그러나 수화기를 내려놓는 순간부터 갈등하기 시작한다. 암에 걸린 아이들에게 대체 무슨 이야기를 해야 할지 난

9

감했기 때문이다. 다음 날 병원에 도착해서도 그의 갈등은 계속된다. 그래서 자신을 초대한 간호사에게 묻는다. "대체 이 아이들에게 무슨 이야기를 해줘야 하는 겁니까?"

작가의 심각한 질문에 간호사는 너무나 간단하게 대답한다. "암에 걸리지 않은 아이들에게 하는 것과 똑같은 이야기를 들려 주세요."

그렇게 해서 암 병동 파티 장에 참석한 작가는 암에 걸린 아이들을 바라보며 건강한 아이들 앞에서와 같이 이야기를 시작한다. 그리고 그 자리에서 다른 친구들보다 증세가 더욱 심해 침대에 누운 채 이야기를 들어야 했던 꼬마, 릴리와의 만남이 이루어진다.

그리고 마흔을 넘어선 이야기 아저씨와 백혈병에 걸려 오랫동안 병원에 누워 있는 열 살짜리 꼬마의 우정이 시작된다. 머지않아 지상에서 사라져갈 꼬마를 바라보는 작가의 시선에는 부질없는 동정 따위가 어려 있지 않다. 우연히 만난, 그러나 마음에 썩 드는 이야기 아저씨를 대하는 백혈병 환자 릴리의 태도 또한 제 또래 친구를 대하듯 스스럼 없고, 그런 릴리에게서 죽음을 앞둔 환자의 가엾은 표정은 읽을 수 없다. 이야기 아저씨는 끊임없이 이야기를 들려 주고, 그 사이사이 두 친구가 나누는 대화는 끊임없이 웃음을 자아낸다. 그 웃음소리를 헤치고 눈물 따위가 끼어들 여지가 없어 보인다.

꾸밈없는 간결한 문장, 별다른 극적 구성도 없이 이야기에서 이야기로 이어지는 원고지 300매 정도의 간단한 줄거리. 릴리라는 주인공 소녀와 화자인 스토리텔러 외에 간호사와 함께 잠깐 등장했다 퇴장하는 릴리의 엄마를 비롯해 다섯 명을 넘을까말까 하는 등장인물.

모세 아론이 들려 주는 이야기를 다 읽고 나면 그래서 따로 수식어 붙은 감상문이 필요 없다. 그저 작가가 말로 전해 주는 듯한 이야기에 귀 대신 눈을 내주고 따라가다 보면 어느 순간 저도 몰래 입이 벙그러지고 그러면서 동시에 눈에는 이슬이 맺히는 그런 소설. 그리고 마지막 책장을 덮고 나면 한동안 가슴이 먹먹하여 숨도 크게 내쉴 수 없는 이상한 이야기가 바로 〈릴리와 나〉라는 소설이다.

〈릴리와 나〉의 번역을 끝내고 나니, 작가의 꼬마 친구가 고작 10년이라는 지상에서의 짧은 삶을 사는 동안 그렇게 의젓하게 자신의 죽음을 받아들일 수 있는 지혜를 얻을 수 있었던 것처럼 우리의 가슴에 진정 감동을 줄 수 있는 이야기도 사실은 그렇게 온갖 미사여구를 동원하여 구구절절 길어질 필요가 없는 것인지도 모른다는 생각이 든다. 그리고 아직도 가슴이 먹먹하다.

끝으로 루이스 캐롤의 난해한 시를 해결해 주신 최우권 선생님께 이 자리를 빌어 감사드린다.

1997년 4월
이계숙

1

오후 4시.

집에 있는데 전화벨이 울렸다.

수화기를 집어드니 낯선 여자의 목소리가 들렸다.

"거기가 스토리텔러 모세 선생님 댁인가요?"

"제가 바로 모세입니다만."

내가 대답했다.

"안녕하세요, 모세 선생님."

수화기 저편의 여자가 반가운 목소리로 말했다.

"전 웬디 스미스라고 합니다. 어린이 병원의 종양 병동에서 일하고 있지요."

"거기가 뭐하는 뎁니까?"

내가 물었다.

"암 병동이지요. 다름이 아니라 내일 우리 병동에서 파티를 열기로 했거든요. 그런데 방금 전에 내일 파티에 참석하기로 했던 광대한테서 전화가 왔어요. 외발 자전거가 부러졌다는군요. 그 사람 다리도 부러지고요. 그래서 이렇게 선생님께 전화를 드리게 되었습니다. 내일 그

13

를 대신해서 파티에 참석해 주실 수 있으신지요?"

"하지만 난 광대가 아닙니다. 난 이야기꾼이에요."

내 대답을 들은 스미스 간호사가 웃음을 터뜨렸다.

"선생님보고 광대 노릇을 해달라는 게 아닙니다. 이야기꾼으로 참석해 주십사 하는 거지요."

나는 잠시 생각해보았다.

"좋습니다. 쇼는 언제 시작됩니까?"

"오전 10시 반이에요. 프론트 데스크에서 기다리지요. 병원이 어디 있는지는 아세요?"

"네. 병원은 압니다만 당신을 어떻게 알아보죠?"

"제가 어릿광대 모자를 쓰고 있겠습니다. 그럼 내일 뵙죠. 정말 고맙습니다. 안녕히 계세요."

나는 수화기를 내려놓고 거울을 바라보았다.

'모세, 어쩔 셈이냐? 암에 걸린 아이들에게 대체 무슨 이야기를 해줄 작정이지?'

거울 속에 비친 내가 말없이 머리만 긁적였다.

그날 밤 나는 좀체 잠을 이룰 수 없었다.

이런저런 생각으로 머리 속이 어지러웠다. 암에 걸린 아이들에게 대체 무슨 이야기를 한단 말인가?

2

다음 날 아침 나는 어린이 병원에 도착했다.

프론트 데스크에 이상한 모자를 쓴 간호사는 보이지 않았다.

나는 내 손목 시계를 들여다보았다. 10시 15분.

길 건너편에 공중 전화 부스가 보였다.

그 순간 내가 할 일은 병원에 전화를 거는 것뿐이었다.

'죄송하지만 스미스 간호사에게 전해 주십시오. 하지만…'

하지만… 무엇을? 내가 지금 무슨 핑계를 댈 수 있단 말인가?

외발 자전거가 부러졌다고 말할 수는 없었다. 그것은 광대의 변명이었다.

그렇지, 생각났다!

'스미스 간호사에게 전해 주십시오. 제가 후두염에 걸려서…'

그래, 바로 그거야!

이야기꾼인 내가 목소리를 잃어버린다면 이야기를 할 수 없다는 건 너무나 당연한 일 아닌가. 나는 내 핑계를 더욱 그럴 듯하게 하기 위해 손수건으로 입을 틀어막기로 했다.

나는 거리를 가로질렀다. 다행스럽게도 주머니에는 동전이 들어 있었다.

병원 전화 번호는 '어린이 병원'이라는 간판 위에 적혀 있었다.

나는 손수건으로 입을 틀어막은 다음 수화기를 집어들었다.

아이들은 어찌한다?

'아이들은 잊어버려.' 내 머리 속에서 어떤 목소리가 속삭였다. '만일 네가 정말로 아프다면…'

'하지만 난 아프지 않아. 난 그저 엄청난 공포감에 사로잡혔을 뿐이라구!'

'그것도 일종의 병이라고 할 수 있어.'

'하지만 아이들은 어떻게 하지?'

'다음에 시간을 내서 다시 오겠다고 말해.'

나는 전화기 앞에서 망설이며 10초쯤 서 있었다.

'무얼 기다리고 있는 거야?'

내 안의 낯선 목소리가 다그쳤다.

'번호를 돌려.'

'안 돼! 난 그럴 수 없어.'

'왜 못해?'

'나도 몰라. 어른에게 거짓말을 하는 건 얼마든지 있을 수 있는 일이야. 하지만 아이들에게…'

'너는 지금 아이들에게 거짓말을 하려는 게 아니잖아.'

'그건 나도 알아. 하지만… 안 돼! 난 그럴 수 없어!'

나는 수화기를 내려놓았다.

입에 물고 있던 손수건도 빼내었다. 그리고는 도로를 가로질러 어린
이 병원으로 돌아갔다.

3

프론트 데스크에 물구나무 선 낙지처럼 생긴 모자를 쓴 여자가 앉아 있었다. 나는 그녀를 향해 다가갔다.

"스미스 간호사이시죠."

그녀가 활짝 웃었다.

"안녕하세요. 전 웬디라고 합니다. 이야기를 시작하기 전에 차 한잔 하시겠어요?"

"네, 한잔 주시겠습니까."

1층에 카페테리아가 있었다.

"전 이걸로 하겠어요. 선생님은 커피를 어떻게 드시나요?"

"크림은 넣고, 설탕은 빼고."

우리는 차를 마셨다.

"음, 웬디… 그런데 이 아이들에게 무슨 이야기를 해야 하는 거죠?"

웬디는 머리를 가로저었다.

"그건 저도 모르죠. 이야기꾼은 선생님이시잖아요. 선생님이 고르세요."

"나는 암에 걸린 아이들 앞에서 이야기를 해본 적이 없습니다."

"그래서요?"

"하지만…"

웬디가 내 얼굴을 빤히 들여다보았다.

"모세 선생님, 여기 있는 아이들은 무슨 괴물이 아니에요. 그 애들도 여느 아이들과 다를 게 없어요. 다만 암에 걸린 것뿐이라구요. 그러니까 암에 걸리지 않은 아이들에게 해 주던 이야기를 해 주면 되는 거예요."

나는 꿀꺽 마른침을 삼켰다.

웬디가 나를 바라보며 씨익 웃었다.

"모든 게 다 잘 될 거예요. 곧 아시게 될 겁니다."

우리는 엘리베이터 앞으로 다가갔다. 웬디 스미스가 버튼을 눌렀다.

"모세 선생님, 질문 하나 해도 될까요?"

"그럼요, 웬디."

"공중 전화 부스에 있을 때 왜 입에 손수건을 물고 있었죠?"

그 말을 듣는 순간 나는 속이 뜨끔했다.

"그러니까, 음… 일종의 목소리 연습이었지요. 그래서 입을 손수건으로 틀어막았어요. 그러니까… 아, 여기 엘리베이터가 내려왔네요!"

우리는 엘리베이터 안으로 들어섰다. 웬디가 버튼을 누르는 사이 나는 가만히 안도의 숨을 내쉬었다.

우리는 3층에서 내렸다. 종양 병동. 이중문이 열리고 조그만 사내아이가 쪼르르 달려나왔다. 꼬마는 대여섯 살쯤 되어 보였다. 그리고 머리 위에는 꼭대기에 큼직한 노란색 방울이 달린 빨간 베레모를 쓰고 있었다.

그 꼬마가 내 앞에서 걸음을 멈추었다.

"아저씨, 나 좀 보세요! 아저씨, 나좀 보라구요!"

꼬마는 그러면서 제 머리에 쓰고 있던 베레모를 휙 잡아당겼다. 모자를 벗은 아이의 머리는 민둥머리였다. 단 한 올의 머리카락도 보이지 않았다!

나는 숨을 삼키고 가만히 있었다.

꼬마 친구가 병동 뒤로 달려갔다.

"저 꼬마는 어떻게 된 겁니까?"

"머리를 밀어냈어요."

"어째서죠?"

내가 멍한 표정으로 물었다.

웬디는 잠시 내 얼굴을 들여다보았다.

"방사선 치료를 위해서죠. 치료가 끝나면 머리카락이 날 거예요."

나는 나도 모르게 다시 한번 마른침을 삼켰다.

우리는 병동으로 들어갔다. 곳곳에 오색기와 풍선이 달려 있었다. 아이들은 나를 기다리고 있는 중이었다. 아이들의 절반은 민둥머리였다. 몇 명은 가발을 쓰고 있었고 더러는 이상한 모자를 쓰고 있었다. 휠체어에 앉아 있는 아이도 두어 명 있었다.

한 여자 아이는 침대에 누워 있었다.

"자 여러분, 여기 모세 선생님이세요. 이제 우리에게 이야기를 들려
주실 거예요."

웬디가 아이들에게 나를 소개했다.

나는 아이들을 바라보자 갑자기 머리가 멍해졌다. 아이들은 그런 나
를 눈치채지 못한 듯했다.

나는 숨을 깊이 들이마신 후 이야기를 시작했다.

"옛날에…"

이야기가 끝나고 나자 아이들은 우레 같은 박수를 쳤다.

곧 파티가 시작되었다.

아이들은 케이크, 사탕, 음료수, 과자를 집으러 우르르 몰려들었다.
웬디 스미스와 나는 차를 한 잔씩 마셨다.

"어땠습니까?"

내가 조심스럽게 물어보았다.

"굉장했어요!"

웬디가 즉각 대답했다.

"괴물 같은 게 나타날 리 없다고 말씀드렸죠. 자, 이제 아이들하고
직접 만나보세요."

4

스미스 간호사가 나에게 몇몇 아이들을 소개했다.

하지만 아이들은 나와 이야기를 하고 싶은 생각이 없는 듯했다. 아이들은 과자를 먹느라 정신이 없었다.

"저기, 릴리를 한번 만나보시죠."

웬디가 머쓱해 있는 나를 돌아보며 제안했다.

침대에 누워 있는 소녀의 이름이 바로 릴리였다.

"릴리, 모세 선생님이시다."

그 애가 나를 향해 미소지었다.

"안녕하세요, 이야기 아저씨."

"안녕, 릴리."

"제가 왜 침대에 누워 있는지 아세요?"

"몰라. 왜지?"

나는 머리를 흔들었다.

"오늘은 아주 상태가 '나쁜' 날이기 때문이에요."

그 애가 말해놓고 배시시 웃었다.

"아시겠어요?"

"그래, 그랬구나."

나는 신음소리를 내뱉듯 웅얼거렸다.

그 순간 간호사가 우리 앞으로 다가왔다.

"방해를 해서 죄송합니다. 릴리가 치료를 받을 시간이에요."

릴리가 간호사를 향해 얼굴을 찡그렸다.

"자, 릴리. 이게 다 너를 위해서 그러는 거야."

릴리는 체념한 표정으로 나를 돌아보았다.

"아저씨 절 만나러 다시 오시겠어요?"

"그랬으면 좋겠니?"

릴리가 고개를 끄덕였다.

"좋아."

"언제요?"

릴리가 얼른 물었다.

"다음 주."

"어느 요일?"

"똑같은 요일."

"몇 시?"

"똑같은 시간."

"약속하는 거죠?"

"약속해."

나는 휠체어에 실려 병실 밖으로 나가는 릴리를 지켜보고 서 있다가

웬디 스미스에게 돌아갔다.

"이제 그만 가봐야겠습니다."

"제가 엘리베이터 타는 곳까지 모셔다 드리죠."

웬디가 자리에서 일어서며 제안했다.

"자 여러분, 모세 선생님이 가신답니다. 안녕히 가시라고 인사하세요."

아이들 중 두어 명만이 "안녕히 가세요." 건성으로 인사를 했다.

대부분의 아이들은 여전히 무언가를 먹느라 정신이 없었다.

우리는 엘리베이터 앞으로 다가갔다.

"웬디, 여기 있는 아이들은 모두 회복되는 건가요?"

"아뇨. 몇 명은 죽을 거예요."

나는 꼴깍 마른침을 삼켰다.

"그렇게 죽어야 되는 아이들은 그 사실을 알고 있습니까?"

웬디가 머리를 흔들었다.

"처음엔 모르고 있죠. 하지만 결국…"

"릴리는 어떻습니까?"

내 질문을 들은 웬디는 가만히 내 눈을 들여다보았다.

"별로 좋은 상태가 아녜요. 그동안 릴리는 상태가 좀 나아져서 두 번 퇴원을 했었지요. 하지만 …"

웬디는 잠시 이야기를 멈추고 어깨를 으쓱했다.

"릴리는 정확하게 어떤 병을 앓고 있는 건가요?"

"모든 걸 다요. 정확한 병명은 백혈병이구요. 그건 가장 일반적인…
아, 엘리베이터가 왔군요. 안녕히 가세요, 모세 선생님. 그리고 와주셔
서 고맙습니다."

5

한 주일이 지난 후 나는 다시 암 병동을 찾아갔다.
정확하게 10시 30분.
웬디 스미스는 나를 보더니 놀란 토끼 눈을 했다.
"안녕하세요, 모세 선생님. 여긴 웬일이세요?"
"릴리를 만나러 왔습니다. 괜찮겠습니까?"
웬디는 환하게 미소지었다.
"그럼요. 제가 안내해드리죠. 릴리가 오늘 아침 누군가를 기다리고 있다고 했어요."

릴리는 침대에 앉아 종이에 무언가를 쓰고 있었다.
"안녕, 릴리."
릴리는 여전히 고개를 숙인 채 내 인사를 받았다.
"안녕, 아저씨."
"뭘 쓰고 있는 거지?"
내가 침대 쪽으로 다가서며 물었다.
릴리는 그제야 글쓰기를 멈추고 고개를 들어 나를 바라보았다.

"아저씨한테 질문할 목록을 적고 있었어요. 아저씨 보고 싶으세요?"
"그럼."
내가 얼른 대답했다.
릴리는 나에게 종이를 건네 주었다.

모세는 증말 아저씨 이름인가요?
어데서 태여나써요?
결혼은 핸나요?
아이들은 이써요?
형재 자매는요
몃살이세요
어떠캐 이야기꾼이 데써요?
이야기꾼이 데기 전에는 무얼 해써요
아저씨는 다른 이야기꾼 아저씨들을 아새요
왜 대머리에요
왜 멜빵을 매고 다녀요?
페스트를 갖고 게새요?
조아하는 책은요?
이야기꾼이 덴 게 조으세요?

"헤이, 릴리, 이건 정말 굉장하구나. 누가 너에게 이런 식의 철자법
을 가르쳐 주었지?"

릴리는 내 질문을 싹 무시했다.

"아저씨, 다른 질문을 생각해낼 수 없어요?"

나는 릴리에게 종이를 돌려 주었다.

"아니. 자 이제 동전을 던져보자."

"뭐 때문에요?"

릴리가 의아한 표정을 지으며 물었다.

나는 주머니에서 동전 하나를 꺼내들었다.

"만일 네가 이기면 네가 먼저 질문을 하는 거야. 내가 이기면 내가 먼저 질문을 하고."

릴리가 눈을 휘둥그렇게 떴다.

"하지만 아저씬 질문 목록이 없잖아요."

"아저씨는 즉석에서 생각해낼 수 있어. 앞쪽 아니면 뒤쪽?"

릴리는 내 얼굴을 빤히 쳐다보았다.

"앞쪽이면 내가 이기는 거예요. 뒤쪽이면 아저씨가 지는 거구요."

나는 머리를 저었다.

"이 아저씨가 그 정도로 멍청인 줄 알아. 다시 해보거라."

릴리가 씨익 웃었다.

"앞쪽이면 내가 이기는 거고 뒤쪽이면 아저씨가 이기는 거고."

나는 동전을 던졌다. 앞쪽이 나왔다.

"네가 이겼다, 릴리."

6

릴리는 자기가 적은 질문서를 들여다보았다.

"모세는 진짜 이름인가요?"

"그래, 진짜 이름이야. 이제 내 차례다. 너는 별명이 있니?"

릴리는 고개를 가로저었다.

"없어요. 아저씨는요?"

"있지. 아저씨는 별명이 아주 많아. 스키도, 캡틴 구, 호트, 골리, 통방울 눈을 뜻하는 사이먼 고골리 아이, 박쥐라는 뜻의 미스터 배트…"

"무슨 별명이 그렇게 많아요?"

릴리가 눈을 깜박이며 물었다.

나는 어깨를 으쓱했다.

"어떻게 그 많은 별명을 갖게 되었는지 전부 다 이야기하자면 너무 길어. 그러니 그 중에서 세 가지 별명에 대해서만 설명해 주지. 단 한 가지 조건이 있다."

릴리가 미심쩍은 표정으로 나를 쳐다보았다.

"한 가지 조건, 그게 뭔데요?"

"너도 이 아저씨에게 별명 하나를 붙여 주는 거야."

릴리가 싱긋 웃었다.

"좋아요. 아저씨가 말해 준 별명에서 골라도 되나요?"

"그걸 다 기억할 수 있니?"

내 질문에 릴리는 고개를 가로저었다.

나는 짐짓 심술맞은 웃음을 지었다.

"넌 철자법도 제대로 모르는 데다 기억력도 형편없는 아가씨구나. 아저씨가 다시 한번 말해 주지. 스키도, 캡틴 구, 호트…"

"스키도."

나는 씨익 웃었다.

"몇 년 전에 나하고 제일 친한 여자 친구와 수족관엘 갔었단다. 그런데 릴리야 너도 친한 친구가 있니?"

릴리는 고개를 가로저었다.

"없어요. 옛날에는 있었는데…"

릴리는 이야기를 멈추고 손가락으로 제 민둥머리를 가리켰다.

"아저씨도 아시잖아요."

나는 고개를 끄덕였다.

"그래, 알겠다. 아저씨가 수족관엘 갔었는데 그 중 어떤 어항에 낙지가 들어 있더구나. 나는 그 놈이 잠을 자고 있다고 생각했단다. 그런데 한 쪽 눈을 뜨더니 나를 쳐다보는 거야. 그러더니 갑자기 발작이라도 일으키는 것처럼 다리를 마구 흔들어대질 않겠니. 그러자 내 여자 친구가 따지듯 이렇게 묻는 거야.

32

'어떻게 낙지를 저렇게 만들 수가 있어?'

그래서 나는 고개를 흔들어가며 말했지.

'무슨 소리야, 난 아무 짓도 안했어.'

'네가 수족관을 두들겨낸 거 아냐?'

'아냐, 난 정말 아무 짓도 안했다구. 저 놈이 날 쳐다보더니 갑자기 휙 돌아버렸어. 그게 내가 무얼 한 거야?'

내가 되물었지.

그랬더니 내 여자 친구가 깔깔거리며 웃기 시작하더구나.

'그렇다면 저 낙지가 너에게 손을 흔드는 거야. 네가 낙지라고 생각한 게 틀림없어.'

그래서 그날부터 그 친구는 날 스키도라고 부르게 되었단다."

릴리가 멍한 눈길로 나를 바라보았다.

"스키도는 일종의 낙지거든."

내가 설명을 덧붙였다.

"알겠니?"

릴리는 여전히 내 얼굴을 빤히 쳐다보고 있더니 이렇게 물었다.

"그게 진짜예요, 아니면 아저씨가 꾸며낸 이야기예요?"

"두 가지 다."

내가 시치미를 뚝 떼고 대답했다.

"그건 꾸며낸 이야기이기도 하고 또 사실이기도 하단다. 가슴에 십자가를 긋고 퉤! 퉤! 퉤!"

릴리가 킬킬거렸다.

"그럼 핫트라는 별명은 어떻게 얻은 거예요?"

"핫트가 아냐. 호트지. 그건 보트와 운율을 맞춘 거란다. 내 가슴에는 풍뎅이처럼 생긴 뾰루지가 있거든. 그게 뭔지 아니?"

릴리가 머리를 가로저었다.

"그건 일종의 쇠똥구리란다. 이집트에서는 쇠똥구리가 신성한 벌레지. 아저씨가 어렸을 때는 말이다, 전생을 생각해보곤 했어. 전생에서 난 파라오 엡 - 호텝이었단다. 전생을 믿니, 릴리?"

릴리는 어깨를 으쓱했다.

"그게 뭐예요?"

"전생이란, 그러니까, 네가 이 세상에 태어나기 전에 다른 누구였다는 거야. 알겠니?"

릴리는 여전히 어리둥절한 표정이었다.

"모르겠어요."

"그래 좋아. 자, 생각해보자. 너는 어떤 사람이었으면 좋겠니?"

"누구든지 될 수 있는 거예요?"

"물론이지. 누구든지 다 될 수 있어."

릴리는 잠시 생각에 잠겼다.

"난 나비였으면 좋겠어요. 황금 나비요. 아저씨는요?"

"좀 전에도 말했지만 아저씨는 전생에 파라오 엡 - 호텝이었단다. 내 형님은 날 호트라고 불렀지. 그건 호텝을 줄인 말이야. 그런데 릴리야, 넌 오빠나 언니가 있니?"

릴리는 머리를 흔들었다.

"없어요. 그래서 난 오히려 다행이라고 생각해요."

"어째서지, 릴리?"

릴리는 나를 빤히 쳐다보았다.

"아저씨가 나처럼 아프면 아저씨 형이나 누나들이 슬플 거예요. 그게 이유라구요! 아저씨 또 다른 별명은 뭐예요?"

"캡틴 구, 골리, 사이먼 고골리 아이, 미스터 박쥐…"

"골리에 대해서 이야기해 주세요."

"골리는 괴상하게 생긴 인형이라는 뜻인 골리워그의 줄임말이란다. 몇 년 전에 이 아저씨는 아주 긴 머리를 갖고 있었어, 구불구불 멋진 머리였지. 아마도 믿기 어려울 거야, 그렇지? 어느 날 나는 누나와 함께 루나 공원엘 갔단다. 우리는 바닥에서부터 거센 바람이 일어나는 바람 터널로 들어갔어. 그때 바람이 우리의 머리를 하늘로 치솟게 만들었지 뭐냐. 머리칼이 깜짝 놀라서 벌떡 일어선 것 같았단다. 그런데 누나가 이렇게 말하더라.

'야, 너 꼭 괴물 인형 같다!'

자 이제 네가 이 아저씨에게 별명 하나를 지어 주렴."

"아무거나 괜찮아요?"

릴리가 생글거리며 물었다.

"그럼, 뭐든지 좋아."

"좋아요. 털북숭이 다리!"

나는 소리내어 웃었다.

"어째서 털북숭이 다리지?"

35

릴리가 얼굴을 찡그렸다.

"사실대로 말해도 아저씨 기분 나빠하지 않을 거죠?"

"그럼, 물론이지."

"약속해요?"

"약속하마."

"가슴에 십자가를 긋고요?"

"가슴에 십자가를 긋고 세 번 침을 뱉으마. 퉤! 퉤! 퉤! 퉤!"

"에이, 세 번이 아니고 네 번 했잖아요."

"좋아. 퉤! 퉤! 퉤! 왜 털북숭이 다리지?"

릴리는 한동안 저 혼자 킬킬거렸다.

"이야기를 할 때 아저씨는 팔을 아주 많이 움직여요. 그래서 꼭 거미 같이 보인다구요. 거미 다리에 털이 많이 나 있잖아요."

나도 소리내어 웃었다.

"아저씨도 저에게 별명을 지어 주세요."

릴리가 부탁했다.

"좋아. 토르케마다!"

"뭐라구요?"

"토르케마다."

"그게 뭔데요?"

"그게 '뭔데요'가 아니고,"

나는 릴리의 질문을 고쳐 주었다.

"그게 '누군데요'가 맞다. 토르케마다는 종교 재판장이야. 그 사람은

36

아주 많은 질문을 하지, 꼭 너처럼 말이다. 그래서 네 별명을 토르케마다, 줄여서 톡이라고 붙여 주마. 어때, 마음에 드니?"

릴리는 고개를 가로저었다.

"토르케마다는 싫어요. 톡이 좋아요."

나는 내 손목 시계를 들여다보았다.

"틱 - 톡! 틱 - 톡! 이제 그만 갈 시간이 되었구나. 다음 주에 보자. 같은 시간 같은 장소에서. 안녕, 톡."

"안녕, 털북숭이 다리."

7

이번에 찾아가니 릴리는 침대에 앉아 있었다.

"아저씨 13분이나 늦었어요!"

"미안하다, 톡. 버스가 제 시간에 안 오지 뭐냐."

릴리는 눈을 동그랗게 뜨고 나를 쳐다보았다.

"아저씨는 차가 없어요?"

"없어."

"왜 없어요?"

"난 아주 형편없는 운전자거든. 혹시 〈버드나무 숲에 부는 바람 (The Wind in the Willows:영국의 동화작가 케네스 그레이엄이 1908년에 발표한 동화로 두더지, 두꺼비, 물쥐 등 동물들이 등장인물이다 — 역주)〉이라는 책 읽어봤니?"

릴리는 고개를 가로저었다.

"아뇨. 텔레비전에서 봤어요."

"그랬구나. 이 아저씨는 말이다 일단 자동차 안으로 들어가면 갑자기 몸이 이상해져. 무슨 뜻인지 알아듣겠니?"

"아뇨."

"그러니까 내가 다른 사람으로 변한다는 뜻이란다. 자동차 안으로 들어서자마자 난 미스터 토드, 그러니까 두꺼비가 되는 거야. 그리고는 꼭 미친듯이 차를 몰게 돼. 빵빵 클랙션을 눌러대고 푸! 푸! 푸! 푸! 소리소리 질러대면서 말이다."

릴리가 또 다시 킬킬거렸다.

"아저씬 정말 이상한 사람이에요. 털북숭이 다리!"

나도 릴리를 따라 싱글거렸다.

"그래 네 말이 맞다, 톡. 그런데 〈버드나무 숲에 부는 바람〉에서 누가 제일 마음에 들던?"

"미스터 모울."

릴리가 얼른 대답했다.

"그럼 그 미스터 모울이 고함치던 것도 생각나겠구나? 그 시커멓고 흉측한 두더지가 지팡이를 마구 휘두르며 이렇게 소리치잖아 두더지! 두더지! 스페인어로 두더지를 뭐라고 하는지 아니?"

릴리는 머리를 흔들었다.

"토포라고 한단다."

"아저씬 스페인어도 할 줄 아세요?"

릴리가 물었다.

"아니. 어떤 영화에서 봤지. 스페인어로 두더지를 엘 토포라고 하더라. 다른 질문 있니?"

릴리는 고개를 숙이고 자기가 만든 질문서를 들여다보았다.

"결혼하셨어요?"

"아니, 아저씨는 결혼 안 했어, 릴리."

릴리가 나를 노려보았다.

"전 릴리가 아니에요. 전 톡이라구요."

"미안, 톡. 난 결혼하지 않았어."

"아이들은 있으세요?"

"아니, 없어."

"왜 없어요?"

나는 멍한 표정을 지었다.

"난 식인종이거든. 조그만 아이들을 먹어치운단다."

릴리가 나를 빤히 쳐다보았다.

"피 - 말도 안 되는 소리 마세요, 털북숭이 다리. 왜 아이들이 없죠?"

나는 어깨를 으쓱해 보였다.

"모르겠는걸."

"왜 모르세요?"

"글쎄, 왜 모르는지 그것도 모르겠는데."

"에이, 아저씨 바보에요."

"그래 네 말이 맞을지도 모르겠구나. 하지만 난 정말 몰라. 어쨌거나, 만일 아저씨에게 아이들이 있었다면 난 고약한 아빠가 되었을 거야."

"왜요?"

"아주 어렸을 때 이 아저씨 아빠는 나를 때렸단다. 아마도 나 역시 내 아이들을 때리는 나쁜 아빠가 되었을 거야."

릴리는 내 말에 충격을 받은 듯했다.

"아저씨는 정말 아저씨 아이들을 때릴 수 있을 거 같아요?"

"그렇게 생각하진 않아. 하지만 제 아이를 때리는 아빠가 될까봐 아저씨는 두려워. 어쨌거나, 나는 아이들이 없어. 자, 이제 내가 질문할 차례다. 네 아빠는 너를 때리시니?"

릴리는 설레설레 머리를 저었다.

"전 아빠가 안 계세요. 몇 년 전에 자동차 사고로 돌아가셨거든요. 하지만 아빤 절대로 절 때리지 않았어요. 아빤 절 사랑하셨어요."

나는 가만히 릴리를 바라보았다.

"그럼 어머니는 재혼을 하셨니?"

릴리는 다시 고개를 저었다.

"아마 엄마는 재혼하고 싶었을 거예요. 하지만 엄만… 내가 있잖아요."

"그게 무슨 뜻이지? 엄마한테 네가 있다니?"

릴리는 얼굴을 찡그렸다.

"아시잖아요. 난 아프잖아요. 아저씨라면 나 같이 아픈 애가 있는 여자랑 결혼하겠어요?"

나는 숨을 깊이 들이마셨다.

"그래, 아저씨도 그럴 것 같지 않구나."

릴리는 또 다시 내 얼굴을 빤히 쳐다보았다.

"아저씨는 언제나 진실만 이야기하나요?"

"아이들한테만 그런단다, 톡. 만일 내가 사실대로 이야기해 주면, 약속할래 다른 사람에게 절대로 말하지 않겠다고?"

"약속해요."

"가슴에 십자가를 긋고?"

"가슴에 십자가를 긋고."

"그리고 세 번 침을 뱉는 거지?"

"그리고 세 번 침을 뱉을 게요. 투! 투! 투!"

나는 웃음을 터뜨렸다.

"투!가 아니고 퉤!야. 그렇게 해보렴."

"퉤! 퉤! 퉤!"

"좋아, 됐다. 내가 여기 처음으로 온 날 기억하니? 병원 밖에서 아저씨는 완전히 공포에 사로잡혔단다. 그래서 길 건너 편에 있는 공중 전화 부스로 갔지. 병원으로 전화를 걸어서 후두염에 걸렸다고 말할 생각이었어."

"그게 뭔데요?"

릴리가 물었다.

"목소리가 나오지 않는 병이야. 그게 진짜인 것처럼 하려고 나는 입에 손수건까지 물었단다. 하지만 도중에 마음을 바꾸었지.

웬디 스미스와 내가 엘리베이터를 기다리고 있을 때 그 분이 묻더구나. 공중 전화 부스에서 왜 손수건으로 입을 막고 있었느냐고 말이다. 그러길래 나는… 잊으면 안 된다. 넌 아무에게도 이야기하지 않는다고 약속했다… 목소리 연습을 하고 있다고 말해 줬지."

릴리는 곧 숨이 넘어갈 듯 킥킥거렸다.

"아저씨는 그럼 어른한테는 언제나 거짓말만 하세요?"

나는 머리를 흔들었다.

"아니. 아주 가끔씩만이야. 다음 질문."

릴리는 다시 질문서를 들여다보았다.

"아저씨는 어디서 태어났어요?"

"1944년 4월 15일 인도의 수도 캘커타에서 태어났지. 이제는 사십이 다 되었단다. 이제 내 차례다. 넌 몇 살이고 어디서 태어났지?"

릴리가 내 얼굴을 또 빤히 들여다보았다.

"질문이 두 가지잖아요. 한 가지 질문이 아니라구요."

"좋아. 철자도 제대로 쓸 줄 모르고 기억력도 형편없는 아가씨가 셈수 하나는 선수로군! 한번에 한 가지 질문만 하라 이거지. 그래 너는 몇 살이지?"

"거의 열 살이 다 되었어요. 이제 내 차례예요. 아저씨는 왜 물방울 무늬가 있는 멜빵을 매고 다녀요?"

"바지가 흘러내리지 않게 하려고."

릴리는 한심하다는 듯 신음소리를 냈다.

나는 소리내어 웃었다.

"내 멜빵에 대해서 이야기를 듣고 싶니? 어느 날 어린 친구들 앞에서 아저씨는 쇼를 하고 있었단다 '여러분 내 멜빵에 대해서 어떻게 생각해요?' 내가 물었지. 그랬더니 어떤 꼬마 아가씨가 냉큼 '그건 멜빵이 아니에요! 이빨에 거는 거잖아요!' 이렇게 대답하는 거야. 브레이스 (brace)는 멜빵과 치아 교정틀이라는 두 가지 뜻이 있잖니. 그 꼬마 아가씨는 치아 교정틀을 생각했던 거야. 그런데 왜 그렇게 이상한 얼굴을 하고 있지? 이건 사실이야."

릴리가 여전히 이상한 표정을 지은 채 나를 바라보았다.

"이건 이상한 얼굴이 아니에요. 이건… 아픈 얼굴이라구요. 가끔씩… 지독하게… 아파요."

"간호사 언니를 불러 줄까?"

릴리는 머리를 흔들었다.

"언니들이 와도… 통증을… 없애 줄 수 없어요. 아저씨, 가고 싶으세요?"

"아냐! 넌 내가 갔으면 좋겠니?"

릴리는 힘없이 고개를 끄덕였다.

"아저씨, 다음에 또 오실 거예요?"

나는 미소를 지으려고 안간힘을 썼다.

"내일은 어떨까?"

"… 안녕히 가세요."

"그래 잘 있거라, 톡."

병실을 나온 나는 도중에 웬디 스미스를 만났다.

"릴리가 아주 고통스러워하고 있어요, 웬디. 어떻게 해 줄 수 없어요?"

웬디 스미스는 고개를 가로저었다.

"만일 우리가 도울 수만 있다면, 제 말을 믿으세요, 그렇게 할 거예요."

8

다음 날 아침, 릴리는 침대에 누워 있었다.

"아직도 많이 아프구나?"

내가 물었다.

릴리는 머리를 저었다.

"아뇨. 이젠 사라졌어요. 하지만 곧 다시 찾아올 거예요."

"통증이 다시 찾아오면 어떻게 할거지?"

릴리는 어깨를 으쓱했다.

"통증이 찾아오면 어떤 때는 막 소리를 질러요. 그것도 도움이 되거든요. 어떤 때는 그냥 울기만 해요. 그런데 아저씨도 울어요?"

"그럼, 톡. 아저씨도 운단다, 요즈음은. 어렸을 때는 결코 울지 않았지. 만일 울면 여자애나 울보라고 놀림을 받게 되니까. 사내애라면 그랬단다. 하지만 여자애들은 언제든지 울어도 되었지."

"그럼 울고 싶을 때는 어떻게 했어요?"

릴리가 물었다.

"이빨을 꽉 깨물었지. 그리고는 웃는 거야! 그게 남자애들이 우는 방법이거든."

"그럼 지금은요?"

"지금은 울어. 이따금씩. 하지만 아직도 우는 게 익숙하진 않단다. 그래서 열심히 배우고 있는 중이야. 가만 있자, 어제 우리가 어디까지 했더라?"

릴리가 얼굴을 찡그렸다.

"생각이 안나요."

나는 씨익 웃어 주었다.

"나도 생각이 안 나는 걸. 어디, 네 질문서를 보자꾸나."

릴리는 질문서를 들여다보았다.

"어떻게 이야기꾼이 되었어요?"

"그건 아저씨의 꿈이었어. 어렸을 때 이 다음에 어른이 되면 이야기꾼이 되어야지 하는 꿈을 갖고 있었단다. 그런데 네 꿈은 뭐지, 톡?"

"무용수가 되고 싶어요. 하지만 지금 난 너무 뚱뚱해요!"

"어떻게 그렇게 뚱뚱하게 되었지?"

내가 물었다.

"약 때문이에요. 다리가 잔뜩 부었어요. 한번 보실래요?"

나는 머리를 흔들었다.

"아니, 아저씬 안 볼란다. 퉁퉁 부은 다리는 이전에 본 적이 있거든. 아저씨 할머니가 상피병(象皮病)을 앓으셨거든. 그게 무슨 병인지 아니?"

"아저씨 할머니 다리가 코끼리 다리 같았나요?"

48

나는 웃음을 터뜨렸다.

"그건 림프관이나 정맥에 이상이 생겨 피부나 피하조직이 부풀어서 피부가 코끼리 피부처럼 단단해지는 병이란다. 아저씨 할머니의 다리는 마치 커다란 나무 둥치처럼 단단하게 부어 올랐었어. 그래서 할머니는 구두도 신을 수 없었지. 발에 맞는 구두가 없었거든! 이 아저씨 다리는 어떤 다리인지 알고 있니?"

"털북숭이 다리?"

나는 멍한 표정을 지었다.

"아니, 털북숭이 다리가 아냐! 아저씨 다리는 새 다리야. 보여 줄까?"

"네, 보여 주세요."

"좋아. 하지만 우선 약속부터 해야 돼. 아저씨 다리를 보고 웃지 않겠다고 말야. 자, 약속하거라."

"안 웃을 게요, 약속해요. 가슴에 십자가를 긋고 침을… 그런데 이게 어디서 생긴 거예요?"

나는 머리를 흔들었다.

"나도 몰라. 우리가 어렸을 때 그렇게 했어. '가슴에 십자가를 그리고 침을 세 번 뱉어라.' 하지만 퉤!퉤!퉤! 라고 말로 하는 대신 우리는 정말로 바닥에 침을 세 번 뱉었지. 자, 끝내야지."

"가슴에 십자가를 긋고 침을 세 번 뱉어라. 아저씨, 그런데 내가 정말로 바닥에 침을 뱉었으면 좋겠어요?"

나는 웃음을 터뜨렸다.

"그렇게 하지 않는 게 좋겠는걸. 아이들에게 실내에서 침을 뱉으라고 가르치면 아저씨는 두 번 다시 이곳에 올 수 없을 테니까."

"아저씨가 닦아내면 되잖아요."

릴리가 얼른 제안했다.

"고맙다 릴리, 하지만 안 돼! 이제 맹세를 끝내."

"퉤! 퉤! 퉤!"

나는 무릎 위까지 바지자락을 걷어올렸다.

"자, 어떻게 생각하니?"

릴리가 킬킬거리기 시작했다.

"헤이, 웃지 않겠다고 약속했잖아."

"전 지금 웃는 게 아니에요. 킬킬거리고 있는 거라구요."

나는 바지자락을 내렸다.

"사실 아저씨는 어른이 되고 나서도 이야기꾼이 되지 않았어. 왜 그랬는지 아니? 아저씨는 꿈을 실현시킬 수 있는 배짱이 없었기 때문이야! 그런데 4년 전 어느 날 밤, 나는 어느 작은 카페에 있었단다. 밖에는 비가 엄청나게 쏟아지고 있었어. 출입문이 열리더니 아주 키가 큰 남자가 들어서더라. 아마 6피트도 넘었을 거야."

"그게 얼마만큼 큰 건데요?"

릴리가 물었다.

"거의 2미터쯤 되는 거지. 그 남자는 포니테일로 묶은 머리를 위로 걷어올리고는 비옷 대신 녹색 쓰레기통을 뒤집어쓰고 있지 않겠니.

그는 물방울을 뚝뚝 떨어뜨리며 문가에 서 있었어. 그러더니 갑자기 이렇게 크게 소리를 지르는 거야. '내 이름은 켄 피 - 이 - 이 - 이 - 이트 요'!

순간 찻집 안은 이상한 광기로 가득 차는 듯했지. 나는 생각했지, '오 안 돼, 이 커피 숍에 또 다른 미치광이가 나타나서는 안 돼.'

그 키 큰 남자가 녹색 쓰레기통을 벗어내고 의자에 앉더군. 그러더니 아주 심상한 투로 이렇게 말하는 거야. '나는 이야기꾼이요. 주머니에 땡전 한푼 없는 신세요. 사흘 낮 사흘 밤 내내 굶었소. 나에게 먹을 것과 마실 것을 좀 주시오. 그러면 그 대가로 이야기를 들려드리겠소. 그렇지 않으면 지금 당장 굶어죽을 거요!'

그 말을 들은 카페 주인이 얼른 말했지.

'안 돼! 죽지 마시오. 내 카페에 시체가 누워 있는 꼴을 보고 싶지 않소!'

그리고는 키 큰 남자에게 빵과 수프와 따뜻한 차를 내주었단다.

나중에 그 키 큰 친구는 약속대로 우리에게 이야기를 들려 주었어."

"무슨 이야기였는데요?"

릴리가 눈을 빛내며 물었다.

"모두가 어른들을 위한 이야기뿐이었어. 아마 넌 들어도 이해할 수 없을 거야."

"제가 그 이야기를 이해할 수 없을 거라는 걸 아저씨가 어떻게 알아요?"

나는 어깨를 으쓱해 보였다.

"아무튼 그 이야기를 들어도 잘 이해할 수 없을 걸. 어디, 그럼 이야

51

기 하나 들어볼래?"

"한 사무라이가 목사에게 찾아갔단다.
'목사님, 지옥과 천국에 대해 가르쳐 주시오!'
목사는 사무라이의 얼굴을 빤히 들여다본 후 이렇게 말했지.
'지옥과 천국에 대해 가르쳐 달라고? 당신은 사무라이가 아니오! 당
신은 살인마가 아니냐구. 당신은 힘없는 여자와 아이들을 칼로 찔러대
지, 당신은 추악해, 당신의 숨결은 고약하고 발에서는 썩은 내가 난다
구!'
그렇게 소리친 목사는 사무라이의 얼굴에 대고 침을 퉤 뱉었단다.
목사의 말에 화가 난 사무라이는 미친 사람처럼 날뛰다가 목사의 목
을 찌르려고 검을 빼들었어. 그랬더니 목사는 사무라이를 쳐다보며 이
렇게 말하는 거야.
'이게 지옥의 문이다.'
사무라이는 목사의 목을 찌르려던 손을 멈추고 검을 내려놓았어.
'여기가 천국의 문이다!'"

이야기를 마친 나는 릴리를 바라보았다.
"무슨 이야기인지 이해하겠니?"
릴리는 눈을 깜박였다.
"이해했다고 생각해요."
"좋아. 아무튼 이야기가 끝난 후 나는 그 키 큰 남자에게 물었단다.

'어떻게 당신은 이야기꾼이 되었습니까?'

그랬더니 그 남자는 아주 이상한 눈길로 나를 쳐다보더구나.

'난 아주 형편없는 직업을 갖고 있었소. 그래서 내 직업을 아주 싫어했지. 그러던 어느 날 밤 나는 꿈을 꾸었소. 어느 목소리가 나에게 이렇게 말합디다. 네 그 형편없는 직업을 포기하거라! 그래서 내가 물었지, 그렇다면 그 일을 포기하고 대신 어떤 일을 할 수 있을까요? 네가 원하는 것은 무엇이든 할 수 있다! 이를테면 어떤 겁니까? 경찰관이 되거라. 싫습니다. 전 총을 좋아하지 않습니다. 그렇다면 사자 조련사가 되거라. 그것도 싫습니다. 전 동물들을 무서워하거든요. 이야기꾼이 되거라! 그래서 나는 이야기꾼이 되었소.'

키 큰 남자의 이야기가 끝나고 나자 나는 머리를 긁적였단다.

'그게 사실입니까?'

'물론 사실이오, 당신 꿈은 뭐요?'

'난 이야기꾼이 되고 싶습니다.'

'그래, 그렇다면 그 꿈을 이루기 위해 무얼 어떻게 하고 있소?'

'아무 것도 하는 게 없습니다.'

그랬더니 그 키 큰 사내가 손가락으로 나를 가리키며 큰 소리로 이렇게 말했단다.

'만일 꿈이 있다면, 그 꿈을 이루시오. 아니면 피묻은 삽으로 땅을 파고 그 꿈을 묻어버리시오 그리고 꿈 따윈 잊어버리시오!'"

나는 이야기를 멈추고 릴리를 쳐다보았다.

"그 키 큰 사람이 내게 한 말을 이제 이 아저씨가 너한테 하려고 한다. 만일 꿈을 가졌거든, 그 꿈을 이루어라. 아니면 삽으로 땅을 파고 묻어버리고 그 꿈을 깨끗이 잊어버려라. 이렇게 말이다."

"이렇게 뚱뚱한데두요?"

"그래 설령 네가 너무 뚱뚱하거나 아니면 내 할머니처럼 코끼리 다리라든가 너처럼 부은 다리라거나 혹은 나처럼 새다리를 하고 있어도 말이다."

나는 내 바지자락을 끌어올렸다.

9

그 주말에 나는 감기에 걸리고 말았다.

병원으로 전화를 걸었다.

"안녕하세요, 웬디. 나 모세요. 아주 지독한 감기에 걸렸어요. 릴리를 방문해도 괜찮을까요?"

"절대 안 돼요!"

웬디가 깜짝 놀라 대답했다.

"우린 여기 있는 아이들에게 조금이라도 위험의 여지가 있는 일은 할 수 없어요. 아주 사소한 감염도 아이들에게는 치명적일 수 있거든요. 제 말 이해하시겠어요?"

"물론이죠, 웬디. 제가 이렇게 전화를 건 것도 바로 그런 이유 때문인 걸요. 릴리와 통화는 할 수 있을까요?"

"그럼요. 제가 릴리를 데리고 올게요. 잠시 기다리세요."

일분쯤 후 릴리가 수화기를 집어들었다.

"안녕 톡. 아저씨가 감기가 걸렸단다. 감기가 다 나을 때까지 너를 만날 수 없게 되었어. 미안하구나."

"저도 미안해요."
릴리가 풀죽은 목소리로 대답했다.
"대신 아저씨가 너에게 편지를 쓸 생각인데, 괜찮을까?"
"좋아요."
"잘 있거라, 아저씨 감기가 다 나으면 만나자."
"안녕, 털북숭이 다리."

나는 릴리에게 암호로 된 편지를 썼다.

HITOCITOTOCOC.

HOTOCOWATOCARETOCEYOTOCOUTOCU?

ITOCIHATOCAVETOCEATOCABATOCADCOTOCOLD.

SETOCEETOCEYOTOCOUTOCUWHETOCENITOCIA

TOCAMBETOCETTETOCER.

LOTOCOTSOTOCOFLOTOCOVETOCE.

HATOCAITOCIRY - LETOCEGS.

편지를 다 쓰고 난 나는 맨 아래에 이렇게 덧붙였다
"만일 이 암호를 풀 수 없거든 나에게 전화할 것!"

10

감 기가 완전히 사라졌을 때 나는 릴리를 다시 찾아갔다.

"어떻게 아저씨한테 전화를 하지 않았지?"

병실로 들어서자 마자 내가 물었다.

"암호를 풀었으니까요."

"누가 널 도와 주었구나?"

"도와준 사람 없어요. 저 혼자서 풀었어요."

"그게 어떤 내용이지?"

릴리는 종이를 집어들었다.

Hi, Toc.

How are you?

I have a bad cold.

See you when I am better.

Lots of love Hairy - Legs.

안녕, 톡.

잘 있니?

나는 지독한 감기에 걸렸단다.

감기가 다 낫거든 만나자.

사랑을 보내며 털북숭이 다리가.

"이 암호를 아저씨가 만든 거예요?"

릴리가 물었다.

나는 머리를 흔들었다.

"아니. 우편 번호 만드는 방법에서 슬쩍 따온 거야. 우편 번호를 만들 때 모든 모음 뒤에 G를 써넣은 다음 모음을 반복한단다. 그런데 나는 G대신 TOC를 썼지. 그건 그렇고 톡, 넌 어떻게 그걸 알아냈지?"

릴리가 손가락으로 종이를 가리켰다.

"아저씨 별명에서요. 그걸 알고 나니까 나머지는 쉬웠어요. 그런데 아저씨 차례예요, 내 차례예요?"

나는 씨익 웃어 주었다.

"내 차례. 너는 페스트를 갖고 있니?"

"페스트요?"

"그래, 네가 그렇게 썼잖아."

"에이, 난 페스트가 아니고 페트(애완 동물이라는 뜻을 가진 pet의 복수형 pets를 릴리가 철자법이 엉터리여서 pests로 썼는데 이를 장난스럽게 지적하고 있음 — 역주)라고 쓴 거라구요."

"물론 아저씨도 그런 줄 알았지. 그건 그렇고, 너는 좋아하는 동물이 있니?"

58

릴리는 머리를 가로저었다.

"언젠가 금붕어를 키운 적이 있어요. 그런데 어느 날 어항에 막대 사탕을 빠뜨렸어요. 그래서 죽어버렸어요."

"금붕어가 아니면 막대 사탕이?"

"에이, 당연히 금붕어죠, 아저씨 정말 바보예요. 아저씨는 좋아하는 동물이 있어요?"

"난 미친 고양이를 키운 적이 있단다. 그 녀석 이름은, GOOGOLORTSMILLENIUMAPHIDNINCOMPOOPSCRIMSHAW IGLOOLAMPREYINCUNABULUMDRUBBING였지."

"무슨 이름이 그래요?"

릴리가 눈을 동그랗게 뜨고 물었다.

"아주 긴 이름."

내가 심드렁하게 대답했다.

"그 이름에 글자가 몇 자나 들어가는지 알아맞혀 보렴."

"100자?"

"아니. 74자. 나는 간단하게 줄여서 고맨실리드라고 불렀지. 어느 날 녀석에 대해서 책을 한 권 쓸 생각이란다."

"다른 거는요? 그 고양이 말고 또 좋아하는 동물이 있어요?"

릴리가 눈을 반짝이며 물었다.

"언젠가 쥐를 기른 적이 있어. 고 녀석은 내 속옷을 훔쳐갔어. 언젠가는 내 자명종 시계도 훔쳐갔고."

릴리가 킬킬거렸다.

"왜요?"

나는 어깨를 으쓱했다.

"그 녀석이 제 속옷을 직접 사기가 어려웠기 때문이었겠지."

"그럼 자명종 시계는요?"

"나도 몰라. 저 혼자서 아침 일찍 일어나는 게 힘들어서 그랬겠지."

릴리가 한숨을 내쉬었다.

"그보다 나은 생각좀 할 수 없어요?"

나는 머리를 흔들었다.

"아저씨는 안 되겠는걸. 넌 할 수 있니?"

릴리는 잠시 생각에 잠겼다.

"아마 제 시계를 잃어버렸을 거예요."

이번에는 내가 한숨을 내쉬었다.

"그보다 좀 나은 생각을 할 수 없겠니?"

릴리가 머리를 흔들었다.

"못하겠어요. 또 다른 동물은요?"

"지금은 다른 고양이를 기르고 있어. 그 녀석 이름은 페블 - 웜이지. 페블 - 웜이 무슨 뜻인지 아니?"

릴리가 눈을 반짝이며 나를 쳐다보았다.

"얘기해 주세요."

"그건 일종의 악어야."

"악어요?"

"악어라는 뜻의 크로커다일은 두 개의 그리스어 단어 크로케

(kroke)—조약돌, 드릴로스(drilos)—벌레에서 왔거든. 그 두 단어가
합쳐져서 웜 페블(worm - pebble), 혹은 페블 웜(pebble - worm)이
된 거야."

"그런데 아저씨 고양이를 왜 페블 웜이라고 불러요?"

릴리가 눈을 깜박이며 물었다.

"왜냐하면 그 녀석이 변형동물이거든."

내가 설명을 보탰다.

"그러니까 녀석은 수시로 모양을 바꿀 수 있다는 말이란다. 고양이
가 되기 전에는 거위였어. 그래서 이름도 구스 - 디스거스팅이었지. 또
양이었던 적도 있는데 그때 이름은 시본 - 바였단다."

"아저씬 정말 이상해요."

릴리가 반박했다.

나는 소리내어 웃었다.

"네가 전에도 그런 말 한 적이 있지."

"그런데 그 페블 - 웜에 대해서 책을 쓸 거라구요?"

릴리가 물었다.

나는 어깨를 으쓱했다.

"아마도. 자, 이젠 내 차례다."

"네가 꼬마였을 때 누가 이야기를 해 주었지?"

"이야기해 준 사람 아무도 없어요. 아빠는 야간 경비로 일했고 엄마
는 아는 이야기가 없었거든요. 아저씨한테는 누가 이야기해 주었어
요?"

그 순간 간호사가 들어왔다.

"미안합니다, 모세 선생님. 릴리야 이제 그만…"

릴리는 얼굴을 찌푸렸다.

"안녕히 가세요, 털북숭이 다리."

"잘 있거라, 톡."

11

릴리는 휠체어에 앉아 있었다.

"아저씨 어떻게 매주 월요일마다 오세요?"

"월요일에는 일하지 않거든. 그게 이유다."

"왜요?"

"이야기꾼은 사실 할 일이 그렇게 많지 않거든. 그래서 아저씨는 다른 일도 하고 있지."

"그게 어떤 일인데요?"

릴리가 물었다.

"이를테면 안전 교육, 화장실 청소하기, 이상한 일들, 정원 가꾸기 등등. 할 일이 전혀 없을 때는 실업 수당을 받으러 가고."

"난 아저씨가 선생님인 줄 몰랐어요. 뭘 가르치세요?"

"자폐아들을 가르쳤다. 자폐아에 대해 들어본 적 있니?"

릴리는 머리를 가로저었다.

"그 아이들은 내가 만나본 아이들 중에서 가장 이상한 친구들이야. 아저씨는 네 명이 함께 수업하는 학급을 맡았지. 가장 어린 학생이 여덟 살이었어. 제일 나이가 많은 학생은 열한 살이었고. 혼자서는 화장실도 사용할 수 없는 친구들이었단다. 너는 그런 일을 상상이나 할 수 있겠니? 아저씨는 대부분의 시간을 화장실에서 그 아이들을 씻겨 주거나 아무데서나 뛰어다니지 않도록 가르쳤단다."

릴리가 킬킬거렸다.

"가장 어린 친구가 가장 심각한 문제를 안고 있었어. 아무나 물어댔거든. 아저씨가 먹고 사는 방식이 좀 이상하게 들리지, 안 그러냐?"

"그런데 왜 그런 일을 했어요?"

릴리의 질문에 나는 어깨를 으쓱했다.

"글쎄다, 나도 잘 모르겠는걸. 이제 내 차례다."

릴리가 힘차게 머리를 가로저었다.

"안 돼요, 그런 게 어디 있어요. 아저씨는 내 질문에 아직 대답하지 않았잖아요. 아저씨가 꼬마였을 때 누가 이야기를 해 주었어요?"

"할머니. 너도 할머니 할아버지가 살아계시니?"

릴리가 홍하고 코방귀를 뀌었다.

"네. 하지만 그 분들은 우리를 찾아오지 않아요."

"왜?"

"왜냐하면 내가… 아저씨도 알잖아요. 할머니는 나를 보는 순간 울기 시작해요. 엄마는 그런 할머니를 보면 휙 돌아버려요. 그러면 또 할아버지는, '네 어머니에게 이런 식으로 대하는 게 아니다', 그러시구요. 그러면 이번에는 또 엄마가 울기 시작해요. 그래서 그 후 할머니 할아버지는 우리를 찾아오지 않게 되었어요."

"네 친할머니 할아버지는 어떤 분들이시니?"

64

릴리가 어깨를 으쓱했다.

"몰라요. 친할아버지 할머니는 자주 방문하셨드랬는데 아빠가 죽은 후 통 안 찾아오세요. 엄마가 그러는데 할머니 할아버지는 아빠가 죽은 게 엄마 탓이라고 생각하신대요. 아저씨 할머니에 대해서 이야기해 주세요."

"아저씨 할머니는 바그다드에서 태어나셨지. 그게 어디 수도인지 아니?"

"몰라요."

"그게 '몰라요'의 수도란 말이지! 바그다드는 이라크의 수도야."

릴리는 기가 막힌다는 듯 포옥 한숨을 내쉬었다.

"아저씨 할머니는 여섯 살 때부터 일하러 다니셨대."

"왜요?"

"할머니네 가족이 아주 가난했기 때문이지. 돈이 필요했거든. 그래서 할머니는 학교에도 다닐 수 없었어. 아저씨 할머니는 문맹자란다."

"그게 무슨 뜻이에요?"

"글자를 읽거나 쓸 수 없다는 뜻이야. 그래서 사람들은 그런 사람을 보고 무식쟁이라고도 하지. 하지만 그건 너무 심한 표현이란다. 아저씨 할머니는 글자는 모르셨지만 아주 비상한 기억력을 갖고 계셨어. 그분 머리 속에는 마치 테이프 레코더가 들어 있는 것 같았으니까. 아저씨가 아주 어렸을 때는 텔레비전이 없었단다. 할머니는 매일 밤 이야기를 해 주셨어. 아저씨 할머니는 내가 알고 있는 한 이 세상에서 가장 많은 이야기를 알고 있는 분일 거야."

"아저씨 할머니가 해 준 이야기를 나한테 해 주세요."

"좋아. 아저씨 할머니는 불 같은 성격을 갖고 계셨지. 그 분이 열여섯 살 때였대. 어느 날 제일 친한 친구와 크게 싸움을 하셨대나. 너무 화가 난 할머니는 그 친한 친구한테 이렇게 소리치셨대. '앞으로 두 번 다시 너하고는 말도 하지 않겠어!' 그렇게 소리치고는 부엌으로 달려가서 꼬챙이를 집어들었어. 기다란 바늘처럼 생긴 꼬챙이였대. 할머니는 그걸 화덕 위에 올려놓으셨다는 거야. 그 시절에는 가스나 전깃불이 없었거든. 꼬챙이가 빨갛게 달아오르자 할머니는 장갑 낀 손으로 그걸 집어든 다음 그 시뻘겋게 달궈진 꼬챙이를 당신 팔목에 댔대."

"어머나, 왜요?"

"당신이 한 약속을 잊지 않기 위해서. 그 후 그 친한 친구에게 이야기하고 싶은 충동을 느낄 때마다 할머니는 당신의 팔목에 생긴 상처를 들여다보곤 하셨대. 그런 식으로 그 친한 친구와 두 번 다시 이야기를 하지 않고 평생을 지내셨다는 거야. 어떠냐, 이야기를 들은 기분이?"

"엄청나요!"

릴리가 눈을 빛내며 소리쳤다.

"아저씨는 어떻게 생각하세요?"

"엄청나! 그런데 넌 다른 사람들이 너를 화나게 하면 어떻게 하지?"

"그 사람 머리카락을 잡아당겨요. 아저씨는요?"

"나는 코를 물어뜯어 줘!"

"그럼 그동안 아저씨는 몇 사람이나 코를 물어봤어요?"

눈을 동그랗게 뜨고 묻는 릴리를 향해 나는 싱긋 웃어 주었다.

66

"한 사람도 없어. 날 완전히 돌아버릴 만큼 화나게 만든 사람이 없었 거든, 아직은! 그런데 넌 그렇게 한번 해보고 싶은 모양이구나?"

릴리는 얼굴을 찡그렸다.

"네. 제인 길버트 선생님한테요. 그 선생님은 나한테 골수 이식을 해 주는 분이거든요."

"아주 아프겠구나, 그치?"

릴리는 고개를 끄덕였다.

"네, 아주 많이요."

12

릴리는 잠을 자고 있었다.

나는 가만히 병실 안으로 들어가 침대 곁에 있는 의자에 앉았다.

"안녕하세요, 모세 선생님."

어떤 목소리가 속삭였다.

나는 고개를 들고 소리나는 쪽을 바라보았다. 웬디 스미스였다.

"릴리가 간밤에 아주 힘들었어요. 저하고 차 한잔 하실래요?"

우리는 발꿈치를 들고 살금살금 병실을 빠져나갔다.

웬디가 커피를 한 잔 만들어 주었다.

"그런데 릴리는 언제쯤 깨어날까요?"

"아마 오후쯤. 정확하게는 알 수 없어요. 그런데 모세 선생님, 아이들이 있으세요?"

"없어요. 웬디, 당신은요?"

웬디가 웃음을 터뜨렸다.

"이 병동에 있는 아이들이 다 내 아이에요. 이제 그만 내 아이들한테 가봐야겠네요. 또 만나요."

나는 발꿈치를 들고 다시 릴리의 병실로 들어갔다. 릴리는 아직 자고 있었다.

잠들어 있는 릴리의 얼굴을 한동안 들여다보고 있던 나는 릴리에게 편지를 썼다.

SETOCEETOCEYOTOCOUTOCUTOTOCO

MOTOCORROTOCOW!

나는 릴리가 잠자고 있는 침대 곁에 쪽지를 놓아두고 다시 병실을 나섰다. 발꿈치를 들고 살금살금.

13

다음 날 아침, 릴리는 휠체어에 앉아 있었다.

"기분이 어떠니, 톡?"

"좋아요."

릴리가 밝은 목소리로 대답했다.

"아저씨가 휠체어를 밀고 병동 한 바퀴 돌아볼까?"

릴리는 내 제안에 고개를 가로저었다.

"그건 싫구요. 아저씨한테 물어보고 싶은 게 있어요."

"네 궁금증이 다 풀리고 나면 그 다음엔 무얼 할거지?"

내 질문에 릴리는 기다렸다는 듯 얼른 대답했다.

"다른 질문을 생각해낼 거예요."

나는 짐짓 심각한 표정을 지었다.

"좋아, 토르케마다. 자 질문을 해보렴."

릴리가 손가락으로 나를 가리켰다.

"아저씨 주머니에 삐죽 나와 있는 게 뭐죠?"

"팬텀 만화."

"그게 누군데요?"

71

릴리가 눈을 동그랗게 뜨며 물었다.

"그는 팬텀, 걸어다니는 유령이다!"

나는 주머니에서 만화책을 끄집어냈다.

"자 들어볼래, 톡."

"4세기 전, 해적이 침입했을 때 유일하게 살아남은 사람이 외진 방 갈라 해안으로 떠밀려왔다. 다행히 그는 어느 착한 피그미 사람에게 구출되었다. 기운을 차리고 난 그는 자신의 아버지를 죽인 살인자의 해골에 다음과 같은 맹세를 썼다. 내 목숨을 해적과 잔혹성과 불의와 맞서 싸우는 데 바치겠노라."

나는 만화책을 내려놓았다.

"그 사람이 첫 번째 팬텀이었단다. 그는 가면을 쓰고 해골 반지를 끼고 다녔어. 그가 악당의 턱을 한 대 날리면 그 자리에서 뻗어버리고 그 얼굴에 새겨진 해골 무늬가 영원히 지워지지 않았대!"

"그런데 아저씨는 누구를 때려본 적이 있어요?"

릴리가 불쑥 물었다.

"그럼, 때려본 적 있지. 아저씨는 여덟 살 때 오스트레일리아로 건너 왔거든. 그래서 우스운 액센트로 말을 했고 다른 애들이 결코 알아듣지 못하는 어른스러운 단어들을 사용했지. 학교 친구들은 그런 나를 때리곤 했단다."

"차암 아저씨도. 난 누가 아저씨를 때렸느냐고 물은 게 아니라 아저씨가 다른 사람을 때려 준 적이 있느냐고 물었다구요."

릴리가 항의를 했다.

"그래, 네가 무슨 말을 했는지 아저씨도 알아. 어느 날 나는 눈가에 시커먼 멍을 달고 집으로 돌아왔단다. 그랬더니 아저씨 아빠가 이렇게 말씀하시는 거야.

'내일 학교에 가거든 오늘 네 눈가를 시퍼렇게 만들어 놓은 그놈 코를 주먹으로 때려 주거라. 만일 그렇게 하지 않고 그냥 집으로 돌아오면 아빠가 널 채찍으로 때려 줄테다.'

그래서 다음 날 학교에 간 나는 그 친구에게 다가가 코를 향해 주먹을 한방 날렸지. 그랬더니 그 친구 울며불며 난리를 치더군. 그 친구 코에서 피가 흐르고 있었어.

나는 교장실로 불려갔단다.

'어째서 친구를 때렸느냐?'

나는 교장 선생님께 사실대로 말씀드렸지.

'그 친구의 코를 때려 주지 않고 그냥 집으로 돌아오면 아빠가 채찍으로 절 때리겠다고 하셨어요.'

교장 선생님은 즉각 일하고 있는 아저씨 아빠에게 전화를 걸었단다. 그날 오후 나와 내 아빠는 교장실에 나란히 앉아 있었어. 교장 선생님이 말씀하셨지.

'내 고향에서는 아버지가 자식에게 다른 친구의 코를 때려 주라고 말하지 않습니다.'

그러자 아저씨 아빠는 교장 선생님의 눈을 똑바로 쳐다보며 얼른 이렇게 대꾸하시는 거야.

'내 고향에서는 교장 선생님이 새로 전학온 아이를 보호해 줍니다. 다른 아이들이 눈가에 시퍼런 멍이 들게 내버려두지 않는단 말입니다!'"

릴리가 눈을 동그랗게 떴다.

"정말 아저씨 아빠가 그렇게 말했어요?"

"그럼, 사실 그대로야."

내가 고개를 끄덕이며 힘주어 대답했다.

"교장 선생님이 아저씨 아빠를 가만히 바라보더니 이렇게 말씀하셨단다.

'앞으로는 두번 다시 그런 일이 벌어지지 않도록 하겠다고 약속드리겠습니다. 그러니 선생님도 아들에게 다른 아이들의 코를 때려 주라는 지시를 하지 않겠다고 약속해 주시겠습니까?'

'물론이지요.'

아저씨 아빠는 얼른 대답하고 나를 향해 윙크를 하셨어. 그리고 교장 선생님과 악수를 나누고 교장실을 떠나셨단다.

다음 날, 아침 조회 시간에 교장 선생님은 그 친구를 불러다가 체벌을 주셨어!"

"그게 뭔데요?"

"지팡이로 네 번 때리는 벌이지. 전교생이 보는 앞에서 말이다. 그 다음 교장 선생님은 만일 앞으로 두 번 다시 친구를 괴롭혀서 학교의 명예에 먹칠을 하면 학교에서 쫓아내겠다고 말씀하셨단다. 사실 교장 선생님은 그런 말씀을 하실 필요도 없었지. 이미 어느 누구도 나를 귀찮게 만드는 친구는 없었거든. 그런데 톡, 넌 누구를 때려본 적이 있니?"

릴리가 얼굴을 찡그렸다.

"내 베개만요. 팬텀에 대해서 더 이야기해 주세요."

"그는 개 한 마리를 키웠더래. 사실은 늑대였고 그 이름은 악마였단다.

팬텀은 해골 동굴에서 산단다. 독을 가진 꼬마 원숭이의 보호를 받으면서. 만일 마스크를 쓰지 않은 그의 맨 얼굴을 보는 사람은 그 자리에서 죽어버린다! 하지만 그한테 가장 중요한 것은 해골 반지지.

아저씨가 어렸을 때 팬텀 같은 해골 반지를 갖고 있었단다. 그건 고무로 만든 거였지. 그 반지를 낀 손으로 '악당'의 턱을 한 대 날리면 그 해골 자국은 악당의 엄마가 씻어 줄 때까지 그대로 남아 있다고 했단다."

"그런데 지금 그 해골 반지는 어디 있어요?"

"없어졌어. 어느 날 아저씨는 어느 악당의 턱을 한대 날렸지. 그런데 그만 내 반지가 부서지지 않겠니."

"어째서 그게 망가졌죠?"

나는 어깨를 으쓱했다.

"글쎄, 나도 모르겠다. 아마 고무로 만든 거여서 그랬을 거야. 진짜 팬텀이 끼고 다니는 반지는 악당의 턱을 한 대 때려 줘도 부서지지 않는건데."

14

릴리는 침대에 앉아 책을 읽고 있었다.

"무얼 읽고 있지?"

내 질문에 고개를 든 릴리가 대답했다.

"책이요."

"그건 나도 알아. 무슨 책인데?"

"〈샬로트의 거미〉에요. 아저씨 이 책 읽어보셨어요?"

"세 번. 넌 몇 번이나 읽어봤니?"

릴리가 이상하다는 표정을 지으며 나를 빤히 쳐다보았다.

"지금 처음으로 읽는 거예요. 제프리가 빌려 줬어요. 그애는 방사선 치료를 받느라고 아주 힘들어요. 코로 막 토해요."

나는 얼굴을 찡그렸다.

"웩! 왜 그런 이야기를 나한테 하는 거지?"

릴리가 어깨를 으쓱했다.

"아저씨가 알고 싶어하는 줄 알았죠. 이 책에서 아저씨는 어떤 사람이 제일 좋아요?"

"알아맞혀 보렴."

"윌버?"

"아니. 휴, 돼지 냄새가 나잖아!"

"샬로트?"

"아니."

"못 알아맞히겠어요. 포기할래요."

"템플턴."

"아저씨는 그럼 쥐를 좋아하세요?"

릴리가 눈을 휘둥그렇게 뜨며 물었다.

"아니, 아저씨는 쥐를 싫어해."

"그런데 왜 템플턴을 좋아하세요?"

"그 책을 끝까지 읽어보면 이유를 알 수 있을 거다. 넌 누가 제일 마음에 들던?"

"모르겠어요."

"어떤 책을 좋아하는데?"

릴리의 얼굴이 환하게 빛났다.

"〈다운 트레이더의 여행〉. 그 책 읽어보셨어요?"

"그럼, 읽어봤지. 스무 번."

릴리가 나를 노려보았다.

"스무 번이라구요!"

이번에는 내가 얼굴을 찡그렸다.

"아니. 열 번밖에 안 읽었어."

릴리는 여전히 나를 노려보았다.

78

"아저씨는 아이들에게 거짓말하지 않는다고 했잖아요."

나는 능청맞게 웃었다.

"나는 거짓말을 한 게 아냐. 사실 아저씨는 셈수를 모르거든. 루이스가 왜 동화책을 썼는지 아니? 그 아저씨가 어렸을 때 읽고 싶은 책을 쓰는 사람이 아무도 없었대. 그래서 어른이 되자 그 아저씨는 자신이 읽고 싶었던 책을 직접 쓰기 시작했다는구나. 그런데 그 아저씨 동화 중에서 네가 제일 좋아하는 인물은 누구지?"

"알아맞혀 보세요."

"카스피안?"

"틀렸어요."

"유스타스 클래렌스 스크러브?"

"또 틀렸어요!"

릴리는 악을 썼다.

"그 사람은 무서워요. 애슬란이 그를 도와 주지 말았으면 좋겠어요."

"누굴까, 아무래도 모르겠는 걸. 아저씨도 포기해야겠다."

"리피치프!"

"뭐라구, 넌 그럼 새앙쥐를 좋아한단 말야?"

릴리가 씨익 웃었다.

"말하는 쥐만 좋아해요."

"그런데 어째서 리피치프가 가장 마음에 든다는 거지, 톡?"

릴리의 얼굴에 이상한 표정이 떠올랐다. 나는 릴리가 울음을 터뜨릴 거라고 생각했다. 하지만 릴리는 울지 않았다. 그저 조용히 목소리를 낮추어 말했다.

"아저씨 그 이야기가 어떻게 끝나는지 아세요? 그들은 세상 끝에 가서 파도를 만나잖아요."

나는 잠자코 고개만 끄덕였다.

"그리고 리피치프는 검을 던져요. 그는 세상에 혼자 남게 된 거예요."

릴리의 입술이 떨리고 있었다.

"…파도가 밀려오고… 그 다음에 그는 사라져요. 어느 누구도 두 번 다시 그를 볼 수 없게 되는 거예요. 하지만 그는 애슬란의 나라에 나타났어요, 그렇죠, 털북숭이 다리?"

나는 가만히 릴리를 바라보았다.

"그래, 톡. 그는 애슬란의 나라에 나타나지."

"그러면 그는 지금도 살아 있는 거죠?"

"그럼. 리피치프는 오늘도 살아 있어."

이번에는 릴리가 가만히 나를 바라보았다.

"아저씨는 애슬란의 나라를 믿으세요?"

"그럼, 톡. 아저씨는 애슬란의 나라를 믿는단다."

"정말로, 진짜로 믿는거죠?"

"정말로, 진짜로 믿는다."

"아저씨 가슴에 십자가를 긋고요?"

"그래 아저씨 가슴에 십자가를 긋고 침을 세 번 뱉으마. 퉤! 퉤! 퉤!"

15

이 번에도 릴리는 휠체어에 앉아 있었다.

"안녕, 톡."

"안녕, 털북숭이 다리. 아저씨가 제일 좋아하는 책이 어떤 거예요?"

"한 권이 아니고 두 권이야. 〈이상한 나라의 앨리스〉하고 〈거울 속으로〉. 그 책 누가 썼는지 알고 있니?"

릴리는 고개를 끄덕였다.

"누군데?"

"루이스 캐롯."

나는 웃음을 터뜨렸다.

"루이스 캐롯이라니! 루이스 캐롯이 아니라 루이스 캐롤이란다. 그 책 읽어봤니?"

"〈이상한 나라의 앨리스〉만 읽어봤어요."

"그 책에서 누가 제일 마음에 들던?"

릴리는 갑자기 인상을 팍 썼다.

"하트의 여왕이요. 네 머리를 잘라버리겠다, 털북숭이 다리!(루이스 캐롤의 〈이상한 나라의 앨리스〉에서 앨리스가 장미 정원에서 만난 여왕이 잘못한 신하들에게 버릇처럼 '저 자의 머리를 잘라라' 명령하는데 릴리가 그 대목을 본따서 말하고 있다 — 역주) 아저씨는 누굴 좋아하는데요?"

"험프티 덤프티."

"에이, 전 무슨 동요를 말한 게 아니라구요."

"그래, 아저씨도 알아. 동요에 나오는 달걀 모양의 험프티 덤프티가 아니라 언어의 마술사인 험프티 덤프티를 말하는 거야. 그 사람이 이런 말을 했지. '나는 어떤 단어를 사용할 때 꼭 한 가지 의미만 갖는 단어를 선택한다. 그 이상도 이하도 아니다.' 아저씨는 특히 그 사람이 루이스 캐롤의 동시인 '자버워키'를 해석하는 방식을 좋아한단다."

"그게 뭔데요?"

"그건 아마 세상에서 가장 요상한 시일 거야. 한번 들어볼래. 자버워키라는 동시의 일부분이야."

'Twas brillig and the slithy toves
Did gyre and gimble in the wabe:
All mimsy were the borogoves,
And the mome raths outgrabe
Beware the Jabberwock, my son!

잇워즈 브릴릭 앤드 더 슬리시 토브스
디드 자이레 앤드 짐블 인 더 웨이브:

올 밈지 워 더 보로고브스,
앤드 더 몸 래스 아웃그레이브
비웨어 더 자버워키, 마이 선!

암송을 끝낸 나는 릴리를 바라보았다.

"'브릴릭(brillig)'이 무슨 뜻인 것 같니?"

"몰라요."

"어디 한번 알아맞혀 보렴."

릴리는 잠시 생각에 잠겼다.

"포기할래요. 그게 무슨 뜻이에요?"

나는 어깨를 으쓱했다.

"나도 모른다. 험프티 덤프티는 그게 오후 4시를 가리키는 거래. 저녁 식사 준비를 하기 위해 요리를 시작하는 시간이라는 거지. 그럼 '토브(tove)'는 뭐겠니?"

"긴 발가락?"

나는 하하 소리내어 웃고 말았다.

"왜 아니겠니! 하지만 험프티 덤프티 말로는 그게 오소리처럼 생긴 거래. 어딘가 도마뱀 같기도 하고 타래 송곳 같기도 하고. 토브는 해시계 아래 둥지를 짓고 치즈를 먹으며 산댄다."

내 이야기에 귀를 기울이고 있던 릴리가 킬킬거리기 시작했다.

"다른 거 물어보세요."

"좋아. '래스(rath)'는 뭐겠니?"

"이빨 없는 쥐?"

"아니면 연두색 돼지이거나. 그럼 '자버워키(jabberwocky)'는 뭐지?"

"말을 잡아먹는 엄청 큰 달팽이!"

"책에서는 머리 위로 뻗쳐나온 이빨을 가진 용처럼 보이지."

"험프티 덤프티는 뭐래요?"

릴리가 눈을 반짝이며 물었다.

"거기에 대해서는 아무 말도 하지 않았어."

내 대답을 들은 릴리는 또 물었다.

"왜요?"

"그는 대신 시 한편을 인용했지. 다른 걸 더 물어볼까?"

릴리가 고개를 끄덕였다.

"'가베르보쿠스(gaberbocchus)'가 뭐겠니?"

"칫솔?"

나는 또 다시 웃음을 터뜨렸다.

"그건 무의미한 말이라는 뜻인 자버워키Jabberwocky의 라틴어야. 자버워키를 라틴어로 옮기면 어떤지 들어볼래?"

릴리는 고개를 설레설레 내저었다.

"싫어요."

나는 씨익 웃었다.

"거참 고약하군. 그 말을 듣고 싶지 않다면 손가락으로 귀를 막고 있으렴."

Gaberbocchus

Hora aderat brilligi. Nunc et Slythaeria Tova Plurima gyrabant gymbolitare vobo…

가베르보쿠스

호라 아데라트 브릴리기. 눙크 에트 슬리테리아 토바 플루리마 기라반트 김볼리타레 보보…

"그만!"

릴리가 갑자기 고함을 질렀다.

"그만 하세요. 아니면 토해버리겠어요."

나는 싱글거리며 물었다.

"코로 아니면 귀로?"

릴리가 눈을 동그랗게 뜨고 나를 쳐다보았다.

"그게 가능해요?"

"코로 토하는 건 가능하지. 하지만 귀로는 어떤는지 나도 모르겠다. 어디 한번 해보렴. 내가 시를 좀더 암송해 너를 도와 주지.

Et Borogovorum mimzebant undique…

에트 보로고보룸 밈제반트 운디퀘…

릴리가 캑캑 거리며 곧 숨이 넘어갈 듯 기침을 하기 시작했다.

"제발, 그만 하세요. 숨이 막힐 거 같아요."

나는 얼른 입을 다물었다.

"미안하구나, 톡. 난 그럴 생각이 아니었는데…"

"헤이, 속았지요, 털북숭이 다리."

나는 인상을 팍 쓰며 릴리를 노려보았다.

"너 네가 어떤 사람인지 알고 있어? 넌 크리피스툴이야! 그게 뭔지 아니?"

릴리는 짐짓 겁먹은 표정을 지었다.

"그게 뭐예요?"

"맞혀보렴."

"생각 좀 해보구요."

"좋아. 네가 생각하는 동안 아저씨는 그 시를 조금 더 들려 주마."

Momiferique omnes exgrabure Rathi.

Cave Gaberbocchum…

모미페리퀘 옴네스 엑스그라부에레 라티.

카베 가베르보쿰…

"그만!"

릴리가 또 소리를 꽥 질렀다.

"알아냈어요."

"말해보렴."

"크리피스툴은 애벌레가 앉는 의자예요."

나는 자리에서 벌떡 일어섰다.

"맞았어. 나는 애벌레고 그래서 이제…"

"무슨 일이에요?"

스미스 간호사가 문가에 서 있었다.

"큰 소리가 나기에 달려왔어요. 릴리에게 이야기를 해 주고 있는 중이었어요, 모세 선생님?"

나는 다시 의자에 주저앉았다.

"정확한 표현은 아닌걸요, 웬디. 사실은 내가 시 한편을 암송하고 있는 중이었지요. 당신도 한번 들어볼래요?"

웬디 스미스는 얼른 릴리를 쳐다보았다.

"음… 아뇨, 고맙지만 사양하겠어요. 다음에 들을게요."

16

릴리는 질문서를 들여다보고 있었다.

"아직도 남아 있는 질문이 있니?"

릴리가 고개를 들고 나를 빤히 쳐다보았다.

"오른쪽에 적은 거요."

나는 끄응 신음소리를 냈다.

그 모습을 본 릴리가 킬킬거렸다.

"아저씨 다른 이야기꾼을 알고 계세요?"

"물론이지. 인간은 누구나 이야기꾼인걸."

"그런 걸 물은 게 아니구요. 아저씨 같은 진짜 이야기꾼인 다른 사람
을 알고 있느냐고 물은 거예요."

나는 멍청한 표정을 지었다.

"너는 진짜지, 아니냐?"

릴리는 머리를 내저었다.

"에이, 그런 게 아니라니까요. 아저씨는 내가 무얼 궁금해하는 건지
아시잖아요."

나는 씨익 웃어 주었다.

"그래. 아저씨는 직업 이야기꾼을 몇 명 알고 있지."

"누구를 제일 좋아하세요?"

"떠다니는 독수리 깃털."

"그게 진짜 이름이에요?"

"그럼. 그 사람이 어떻게 그런 이름을 갖게 되었는지 알고 싶니?"

릴리는 미심쩍은 표정으로 내 얼굴을 빤히 들여다보았다.

"아저씨가 엉터리로 꾸며낸 거 아니죠?"

나는 머리를 흔들었다.

"물론 아니지. 이건 진짜야. 떠다니는 독수리 깃털은 아메리칸 인디언이란다. 그 사람이 열두 살 때의 일이었는데 어느 날 갑자기 자신의 미래를 알 수 있는 환상이 보고 싶어졌대. 그는 혼자서 광야로 걸어갔어. 한참을 걸어가다 보니까 성소가 나타나더란다. 그래서 그 자리를 돌로 빙 둘러놓은 다음 불을 지폈대.

그후 사흘 낮 사흘 밤을 꼬박 먹지도 않고 잠도 자지 않았대. 그리고는 위대한 정령께 환상을 보여달라고 기도를 드렸더란다."

"그게 뭔데요?"

"그건, 음… 왜 너도 잠을 자다 꿈을 꾸면서 동시에 깨어 있는 경우가 있지. 그런 거 비슷한 거야.

사흘째 되던 날 이글거리는 눈을 가진 하얀 독수리가 나타나서는 그에게 이렇게 말하더래.

'너는 이야기꾼이 될 것이다. 너는 평화로운 이야기를 전하게 될 것이다. 그리고 네 이름은 떠다니는 독수리 깃털이니라.'

그 말을 마친 하얀 독수리가 하늘에서 내려오더니 그 사람 손에 날개를 접고 앉더라는 거야. 그는 마을로 달려갔대. 그의 이야기를 듣고 난 마을 어른이 이렇게 말해 주더래.

'위대한 정령께서 너에게 말한 것이다. 너는 평화로운 이야기꾼이 되겠구나. 그리고 네 이름은 떠다니는 독수리 깃털이다'라고."

"그럼 그 아저씨는 평화로운 이야기만 해요?"

"아니. 그 사람은 정말 대단한 이야기들을 하지. 아저씨가 한 가지 들려 줄까?"

릴리가 고개를 끄덕였다.

"어느 날 곰이 성이 났대! 수탉, 방울뱀, 개구리, 코요테가 모여 회의를 열었지. 곰에게 잡히는 날이면 죽게 될 것이라는 걸 그들은 잘 알고 있었거든. 그래서 곰이 다가오는 소리를 들은 그들은 얼른 다른 모양으로 변해버렸어. 수탉은 대문으로 변하고, 방울뱀은 걸어다니는 지팡이로 변하고, 개구리는 꽃병으로 변했어. 코요테는… 그런데 톡, 네게 생각하기에 제일 혐오스러운 게 뭐지?"

"코로 토하는 거요!"

릴리가 냉큼 대답했다.

나는 머리를 흔들었다.

"코요테는 코로 토하는 걸로 변하지 않았어. 코요테는 꿈틀거리는 구더기로 변했단다."

"웩!"

"곰이 어슬렁어슬렁 집 앞으로 다가왔어. 그리고는 힘껏 그 집 대문을 두드렸지. 그러자 문에서 신음소리가 나는 거야. 곰은 그게 진짜 문이 아니라는 걸 알아챘지. 곰은 다시 한번 힘껏 문을 두드렸어. 그러자 그 문은 다시 수탉으로 변하는 거야. 곰은 얼른 수탉을 덮쳤지. 그래서 수탉의 목숨은 끝장이 났대.

곰은 집안으로 들어갔어. 그리고는 걸어다니는 지팡이를 한 대 쳤지. 그러자 지팡이도 신음소리를 내는 거야. 곰은 아하 이게 진짜 지팡이가 아니구나 알았지. 그래서 곰은 다시 한번 지팡이를 쳤어. 그랬더니 지팡이는 다시 방울뱀으로 변하는 거야. 곰은 얼른 방울뱀을 덮쳤지. 이건 방울뱀의 최후고. 그 다음 곰은 꽃병에게 다가갔어. 그리고는 그 꽃병을 한 대 쳤지. 꽃병이 신음소리를 냈어. 곰은 이게 진짜 꽃병이 아니라는 걸 알았고, 다시 한번 힘껏 꽃병을 쳤어. 그러자 꽃병은 개구리로 변하겠지. 곰은 개구리를 덮쳤어. 이건 개구리의 종말!

곰은 꿈틀거리는 구더기에게 다가갔어. 그리고는 생각했지. '코요테는 차라리 구더기로 변하는 게 나을 만큼 흉측한 놈이지!' 곰은 꿈틀거리는 구더기를 입으로 덥석 물어버렸어."

"세상에, 웩!"

릴리가 비명을 질렀다.

"코요테는 신음소리를 내지 않았어. 곰은 생각했지. '이건 코요테가 아니잖아. 진짜 구더기였어!' 곰은 기겁을 해서 퉤! 퉤! 퉤! 침을 뱉었어. 그리고는 뒤도 안 돌아보고 그 집을 떠났단다.

구더기는 이제 마음놓고 코요테로 돌아갔어. 수탉, 방울뱀, 개구리는 죽었지만 코요테는 아직도 살아있대!"

이야기를 마친 나는 릴리를 바라보았다.

"너는 무엇으로 변하고 싶지. 코로 토하는 거 아니면 꿈틀거리는 구더기?"

릴리가 있는 대로 인상을 썼다.

"두 가지 다 싫어요! 아저씨가 제일 좋아하는 평화로운 이야기는 뭐예요?"

"〈천 마리의 종이학〉. 이건 어떤 여자아이…"

나는 중간에 입을 다물고 말았다.

"어떤 여자앤데요?"

릴리가 이상하다는 표정을 지으며 물었다.

나는 어깨를 으쓱했다.

"그건 별로 중요한 게 아냐."

릴리는 여전히 내 얼굴을 빤히 쳐다보았다.

"그건 중요해요. 그게 '누군'데요?"

"누구냐 하면 어떤 병으로 죽은…"

나는 숨을 깊이 들이마셨다.

"나 같은 병으로요!"

릴리가 얼른 선수를 쳤다.

"그걸 어떻게 알았지?"

"어떤 책에서 읽었어요. 아저씨는 종이학 접는 법을 아세요?"

나는 고개를 끄덕였다.

"독수리 깃털이 가르쳐 주었어. 하지만 아저씨는 그런 일에 솜씨가 없나봐. 잘 못 접어. 너는 어떠니?"

"저도 잘 못 접어요."

릴리가 시무룩한 표정을 지으며 대답했다.

나는 머리를 긁적였다.

"혹시 다른 이야기꾼의 이야기를 들으면 어떨까?"

"왜 갑자기 이야기를 바꿔요?"

"아저씨가 좀 당황했거든. 바보처럼 멍해질 거 같은 느낌이 들어. 그렇게 되면 아저씨는 아무 말도 할 수 없을 거야."

"아저씨가 벙어리면 당연히 말을 할 수 없죠."

나는 짐짓 한심하다는 표정을 지으며 말했다.

"벙어리가 아니라 바보 같은 느낌이 들 것 같다는 거야(영어 단어 dumb이 어리석다와 벙어리라는 두 가지 뜻이 있는데 영리한 릴리가 짐짓 딴청을 피고 있다 ― 역주). 나는 그 이야기를 할 수 없어. 그러니까 다른 이야기꾼의 이야기를 들으면 어떻겠니?"

릴리는 머리를 흔들었다. 아니, 그만 둘래요. 좀 피곤해요. 그냥 아저씨랑 가만히 앉아 있으면 안 돼요?"

나는 말없이 릴리의 손을 잡고 고개를 끄덕였다.

17

릴리는 침대에 앉아 있었다.

"아저씨, 무슨 일이 있는지 아세요? 이번 주말에 집에 갈 거예요."

나는 릴리를 바라보며 씨익 웃어 주었다.

"멋진 일이구나, 톡."

"왜냐고 물어봐 주실래요?"

"그래, 이번 주말에 집에는 왜 가는 거지?"

"그 날이 제 생일이거든요. 파티를 열 거예요."

"그럼 이제 네가 몇 살이 되는 거야?"

"이번 주 토요일이면 열 살이 되는 거예요."

"네 생일 파티에 이 아저씨도 초대해 줄 거지?"

릴리는 머리를 흔들었다.

"아뇨."

"왜?"

"이유가 있어요."

"무슨 이유?"

"왜냐하면 아저씨는 제 생일 다음날 와주셨으면 좋겠거든요."

"어째서 생일날이 아니고 그 다음 날이지?"

릴리는 내 질문을 무시했다.

"아저씨 저한테 생일 선물 주실 거예요?"

"어떤 선물이 받고 싶은데?"

"알아맞혀 보세요."

"아하, 아저씨가 '가베르보쿠스(Gaberbocchus)'를 전부 암송해 주기를 바라는구나?"

"아녜요!"

나는 계속 싱글거리며 릴리를 바라보았다.

"그럼. 그래, 인형이 갖고 싶구나?"

릴리는 고개를 설레설레 흔들었다.

"피, 전 꼬마가 아니라구요."

"그렇다면 뭘까, 아저씨는 모르겠는걸."

"무엇을 갖고 싶으냐 하면…"

"그래, 그게 뭔데?"

"이야기요. 아저씨가 학교에서 해 주는 것과 똑같은 이야기말예요."

나는 릴리의 제안에 대해 잠시 생각해보았다.

"아저씨는 학교에서 두 가지 쇼를 하거든. 하나는 유치원생을 위한 거고 또 하나는 국민학생을 위한 거고. 너는 어떤 걸 원하지?"

릴리가 인상을 썼다.

"아저씨 지금 절 놀리시는 거예요."

나는 싱긋 웃어 주었다.

"그래, 좋아. 국민학생용 쇼를 하지. 시간은 언제가 좋을까?"

"아무 때라도 괜찮아요?"

"그럼, 네가 원하는 시간으로 하자. 다른 사람도 같이 들으면 좋겠니?"

"싫어요!"

"네 엄마도?"

"안 돼요!"

나는 눈을 크게 뜨고 릴리를 바라보았다.

"아저씨는 아직 단 한사람을 위해 쇼를 한 적은 없는데. 엄마한테는 여쭤본 거야?"

"그럼요."

"그래, 엄마가 뭐라고 하시던?"

"엄마는, 그날은 네 생일이다, 그러셨어요. 아저씨가 괜찮으시다면. 혹시 싫으세요?"

"아니. 하지만…"

"하지만 뭐요?"

"네 생일 케이크 한 조각이랑 양초 하나를 준비해 줘야겠는데."

"양초는 왜요?"

"아저씨가 먹으려고."

릴리가 어이없다는 표정을 지으며 머리를 흔들었다.

"참, 아저씨는 왜 그렇게 멍청한 소리를 하세요?"

나는 시치미를 떼고 말했다.

"왜냐하면 아저씨는 생일 초를 아주 잘 먹거든. 다른 질문 또 있니?"

"네, 있어요. 우리 집에 어떻게 오실 거예요?"

"버스랑 택시를 타고. 그런데 집이 어디지?"

릴리가 머리를 흔들었다.

"말해 주지 않을 거예요."

"그렇다면, 어떻게? 헤이, 요 꼬마 아가씨가 또 무슨 꿍꿍이속이 있는 거구나?"

릴리가 생글거리며 나를 쳐다보았다.

"그게 아니구요. 엄마가 아저씨한테 전화를 걸 거예요. 엄마가 우리 집이 어딘지 알려드릴 거라구요."

"엄마가 아저씨 전화 번호를 알고 계시니?"

릴리가 고개를 끄덕였다.

"간호사 언니한테 물어봤어요. 일요일에 오실 거죠?"

"그래, 네가 이겼다, 툭. 일요일에 보자."

18

일 요일, 오전 10시 15분. 릴리의 집 앞에 도착한 나는 현관벨을 눌렀다. 릴리가 문을 열어 주었다.

"어서 오세요, 털북숭이 다리. 일찍 오셨네요."

"쇼를 하러 갈 때는 언제나 약속 시간보다 일찍 도착한단다. 그런데 엄마는 어디 계시지?"

"지금 막 우유를 사러 나가셨어요. 금방 오실 거예요."

"공연은 어디서 할까?"

"제 방에서요. 여기에요."

우리는 릴리의 방으로 들어갔다.

"이만하면 됐어요?"

"그래. 너는 어디 앉을 거지?"

"혹시 침대에 누워서 들어도 괜찮을까요? 어제부터 좀 기운이 없어요."

"그래, 너 좋을 대로 하렴. 그런데 어제 생일 파티는 어땠니?"

내 질문에 릴리는 어깨를 으쓱했다.

99

"좋았어요. 하지만 사람들이 별로 즐거워하지 않았어요."

나는 무대를 꾸미기 시작했다.

"안녕하세요, 모세 선생님."

방문이 열리고 릴리의 어머니가 들어섰다.

"차 한잔 준비해드릴까요?"

"네, 한잔 주십시오. 자, 이제 다 됐다, 톡. 10분 후에 쇼를 시작하자."

나는 릴리의 어머니를 따라 부엌으로 갔다.

릴리의 어머니는 차를 준비하며 말했다.

"릴리한테서 선생님 얘기 많이 들었어요. 그 애가 선생님께 자기 얘기를 하던가요?"

나는 머리를 흔들었다.

"아뇨."

"병에 대해서는요?"

"릴리는 그런 얘기도 하지 않았습니다."

"선생님이 먼저 물어보신 적은요?"

"저 역시 릴리의 병에 대해서는 아무 말도 하지 않았습니다."

릴리의 어머니가 나를 가만히 바라보았다.

"다행이군요. 속으로 그래 주시길 바라고 있었거든요. 선생님도 제 심정 이해하실 거예요. 어쨌거나 이렇게 집까지 찾아와 주셔서 정말 고맙습니다. 릴리에게는 아주 소중한 추억이 될 거예요. 그런데 쇼는 시간이 얼마나 걸리죠?"

"약 한 시간 정도."

나는 내 손목 시계를 들여다보았다.

"이야기를 시작할 시간이 되었군요."

나는 릴리의 방으로 다시 들어갔다.

"문을 닫으세요."

안으로 들어서는 나를 향해 릴리가 명령했다.

나는 문을 닫았다.

"아저씨는 언제나 이런 식으로 이야기를 시작하세요?"

"아직 시작하지 않았어. 아저씨는 '이렇게' 시작한단다"

19

"**안**녕하세요! 내 이름은 모세입니다. 이야기꾼이지요. 여러 가지 이야기 중에서 어떤 것을 들을 것인지 고를 사람을 뽑겠습니다. 우선 여러분은 두 가지 중에서 한 가지를 골라야 합니다. 나냐, 혹은 …"

나는 위에 구멍이 뚫린 금속 통을 집어들었다.

"이건 후추통입니다! 자 투표를 합시다. 만약 이렇게 하면—"

나는 손가락 하나를 공중으로 들어올렸다.

"— 여러분이 나에게 맡긴다는 신호입니다."

릴리는 가만히 앉아 있었다.

"이렇게 하면—"

이번에는 손가락 두 개를 공중으로 들어올렸다.

"후추통 뽑기를 원한다는 신호입니다."

릴리가 손가락 두 개를 들어올렸다.

"좋습니다. 오늘은 후추통 아침이군요."

"대부분의 아이들이 후추통을 골라요?"

가만히 앉아 있던 릴리가 드디어 질문을 시작했다.

"물론이지. 이제 눈을 감고 이 아저씨의 말을 들어보거라."

나는 후추통을 집어들었다.

"이 안에 무엇이 들어 있을까요? 세 번까지 대답할 수 있습니다."

"구슬?"

"틀렸습니다."

"돌멩이?"

"그것도 아닙니다."

"포기할래요."

"D자로 시작하는 단어입니다."

"다이스!(dice)"

"만일 그게 두 개라면 다이스겠지요. 하지만 단 하나뿐입니다. 그러니까 그것은?"

"모르겠어요."

나는 후추통 뚜껑을 돌렸다.

"다이스가 아니라 다이란다. 주사위가 두 개면 다이스, 한 개면 다이(die)라고 하거든."

나는 주사위를 다시 후추통에 집어넣고 흔들었다. 그런 다음 다시 그 후추통을 엎어놓고 뚜껑을 돌렸다.

"만일 1이 나오면 내가 너에게 문제 풀이 식, 그러니까 수수께끼 같은 이야기를 해 주마.

2가 나오면 세상에 떠돌아다니는 이야기.

3이 나오면 어리석거나 혹은 혐오스러운 이야기."

릴리가 킬킬거렸다.

"4가 나오면, 웃기는 것만은 아닌 이야기.

5가 나오면, 무서운 이야기나 귀신 이야기.

6이 나오면, 놀라운 기적의 이야기.

후추통을 누가 흔들면 좋을까?"

"저요!"

릴리가 소리쳤다.

"그럼 우선 아저씨의 질문에 답해야 한다. 스무 번째 알파벳이 뭐지?"

릴리는 손가락을 꼽아가며 헤아려보았다.

"T."

나는 아쉽다는 표정을 지으며 릴리에게 후추통을 내밀었다.

"우선 그걸 잘 흔들어서 엎어놓거라. 그런 다음 열어보렴. 어떤 숫자가 나왔지?"

20

릴리가 뽑은 숫자는 3이었다.

"어리석거나 혐오스러운 이야기군. 자, 그렇다면 손가락 하나를 들어올리세요. 어리석은 이야기를…"

릴리는 가만히 앉아 있었다.

나는 웃음을 터뜨렸다

"그래 혐오스러운 이야기를 해야겠군. 그런데 참, 이 방안에 양동이가 있을까?"

"그건 뭐하게요?"

릴리가 여전히 시무룩한 표정으로 물었다.

"네가 토할 경우를 대비해서지!"

내가 큰 소리로 대답했다.

릴리가 내 얼굴을 빤히 쳐다보았다.

"아저씨, 학교에서도 그런 식으로 말하세요?"

나는 머리를 흔들었다.

"아니. 하지만 우린 지금 학교에 있는 게 아니잖니."

"옛날에 결혼한 부부가 살고 있었대요. 그 부부는 휴가를 즐기기 위해 열대지방에 있는 한 섬을 찾아갔어요. 하루 종일 두 사람은 황금빛 모래 위에 누워 일광욕을 즐겼지요."

"그 사람들은 피부암에 걸릴까봐 걱정하지 않았어요?"

릴리가 눈을 깜박여가며 불쑥 물었다.

"아니. 피부암은 아직 발견되지 않았을 때였거든. 휴가 마지막 날이었어요. 두 사람은 여전히 일광욕을 즐기고 있었지요. 그런데 모래 위에 누워 있던 아내가 갑자기 팔뚝에서 이상한 느낌이 들더래요. 그 여자는 가만히 눈을 떠봤지요. 그랬더니 아 글쎄 그 여자의 팔뚝에 엄청나게 크고 털이 수북하게 난 시커먼 거미가 기어다니고 있는 게 아니겠어요. 여자는 놀라서 비명을 질렀어요.

'거미가 물었어요. 거미한테 물렸다구요!'

그 여자의 남편은 아내를 데리고 병원엘 찾아갔어요. 그랬더니 의사가, '이 거미는 독이 없습니다.' 그러더래요. 그 부부는 집으로 돌아왔어요. 그런데 며칠 후 거미에게 물렸던 자리가 미친 듯이 가려운 거예요. 다음 날 보니 거미에게 물린 자리가 조그맣게 부어 올랐어요. 그 다음 날 아침에는 그 부은 자리가 좀더 커졌구요. 세번째 날 아침에는 더 많이 커졌어요. 네번째 날 아침이 되었어요. 그런데 세상에, 그 부어 올랐던 자리가 쩍하니 양쪽으로 갈라지면서 새끼 거미들이 꼬물꼬물 기어나오는 게 아니겠어요!"

"웩!"

릴리가 비명을 질렀다.

"이 이야기를 믿니?"

내 물음에 릴리는 고개를 가로저었다.

"아뇨. 아저씨는 믿으세요?"

나는 그저 릴리를 바라보았다.

"어느 날 아저씨는 동부 아프리카의 말라위에서 온 어떤 여자를 만났단다. 그 여자가 나보고 말라위에는 푸찌 플라이라고 하는 파리가 있다고 하더구나. 그 파리는 속옷의 고무줄 끈이 있는 부분에 알을 깐대. 그런데 뜨거운 다리미로 그 부분을 꽉 눌러 주면 그 알이 죽는다나. 하지만 다리미질을 하지 않으면 사람 몸에서 열을 받아 그 알이 새끼를 깐다는구나. 그래서 거기 팬티 고무줄이 든 부분에서 애벌레가 기어 나온대. 그리고서는 고무줄 끈이 아니라 사람 몸에 나 있는 구멍을 파먹는다는구나."

릴리는 얼른 손을 들어 제 입을 틀어막았다.

"토하고 싶으면 양동이를 사용할 것!"

나는 시치미를 뚝 떼고 한마디 한 다음 이야기를 계속했다.

"그 애벌레를 나오게 하려면 병에다가 팔팔 끓인 물을 담아서 배 위에 올려놓으면 된대. 10초쯤 지나고 나면 푸찌 애벌레가 꼬물꼬물 기어 나온단다."

나는 릴리를 바라보았다.

"이 이야기의 교훈이 무엇인지 알겠니?"

릴리는 여전히 손으로 입을 가린 채 고개를 설레설레 흔들었다

"말라위에 갈 때는 팬티를 입지 마시라!"

릴리가 마침내 킬킬거렸다.
나는 다시 후추통을 집어들었다.
"자, 다른 이야기를 골라보자."

21

"이건 좀 어려운 문제야. 어떤 둥그스름한 물체를 가리키는 다섯 글자. 머리 글자를 떼어내면 발과 관련되는 네 글자가 돼. 다시 그 머리 글자를 떼어내면 물 속에 사는 것으로서 뱀 비슷하게 생긴 것을 뜻하는 3글자가 되지."

"Eel(뱀장어)?"

"난 3단어가 모두 필요한데."

"—heel(발뒤꿈치)."

"그리고?"

릴리는 당혹스러운 표정을 지었다.

"자동차에 그런 게 네 개나 달려 있단다."

"Wheel(바퀴)!"

나는 릴리에게 후추통을 건네 주었다.

"흔들어보렴."

주사위의 숫자는 2, 세상에 떠도는 이야기가 나왔다.

"〈바다 표범잡이〉라고 하는 이야기와 아저씨가 만든 〈별명〉이라는 이야기 중에서 하나를 고를 수 있어. 어느 이야기를 듣고 싶니?"

"아저씨가 만든 이야기요."

"별명이라는 것은 우스운 거지. 어떤 별명은 구즈디스거스팅이나 테디 보미트 혹은 고즈볼처럼 이상한 것도 있지. 그런데 톡, 고즈볼이 뭔지 아니?"

"몰라요."

"아저씨가 초등학교에 다닐 때였단다. 그 때는 모든 사람이 나무 손잡이가 달린 펜을 썼지. 그 펜 끝에는 잉크병 속으로 깊숙이 집어넣을 수 있는 금속 촉이 달려 있었어. 그건 언제나 잉크가 묻어 있어 지저분하게 마련이었지. 그래서 그 펜을 사용하는 모든 사람들이 어쩔 수 없이 종이에 얼룩을 남기곤 했단다.

고즈볼을 만들려면 얼룩진 종이 조각을 입 속에 집어넣어야 해. 그리고는 껌처럼 끈적끈적해질 때까지 열심히 씹어 주는 거야. 그런 다음 자 끝에 그것을 올려놓고 천장으로 탁 날려버리지.

어떤 경우에는 그게 천장에 그대로 들러붙어 있어. 하지만 어쩌다보면 바로 내 머리 위로 떨어지는 경우도 있었지.

사실 고즈볼은 우리 학교 교장 선생님 별명이었단다."

"왜요?"

"나도 몰라. 어떤 별명은 아주 이상한 것도 있어. 하지만 어떤 별명은 뜻이 아주 명백하지. 이를테면 낙타, 박쥐, 뱀처럼 말이다.

아저씨가 다니던 학교에 아주 이상한 친구 세 명이 있었는데, 그 친구들의 별명이 각각 낙타, 박쥐, 뱀이었단다.

낙타는 혹이 달려 있잖니. 그 별명을 가진 친구는 등에 정말로 낙타 혹 같은 혹이 달려 있었어.

박쥐라는 별명을 가진 친구는 거의 장님이나 다름없었단다. 그 박쥐라는 여자 애는 안경알 두께가 자그마치 2센티미터나 되는 안경을 쓰고 다녔어."

"그럼 아저씨가 미스터 박쥐라는 별명을 갖게 된 것도 그런 이유 때문이에요?"

릴리가 눈을 깜박이며 물었다.

"아니. 아저씨는 야구 방망이로 바퀴벌레를 쳐죽이곤 했단다.

뱀이란 별명을 가진 친구는 쓰윽 눈을 내리깔고 사람을 째려보는 버릇이 있었지. 그 친구가 시키는 거라면 무엇이든 해야 했단다. 그 친구는 골목대장이었거든.

어느 날 점심 시간에 그 뱀이라는 별명을 가진 친구가 이렇게 말했어.

'낙타와 박쥐를 데려와.'

우리는 그 친구가 시키는 대로 했지.

'낙타의 무릎을 꿇려!'

뱀이라는 친구가 또 우리에게 명령했어.

우리 네 사람은 낙타라는 친구를 꽉 움켜쥐고는 손을 내리게 한 다음 무릎을 꿇렸지. 뱀이라는 친구가 박쥐를 바라보며 말했어.

'낙타 등에 올라타고 운동장을 돌아!'

그 말을 들은 박쥐라는 친구가 고개를 반짝 쳐들고 뱀을 노려보았어.

'싫어!'

이제까지 뱀에게 그런 말, 싫어라는 말을 한 사람은 단 한 명도 없었지.

뱀이라는 친구는 화가 머리끝까지 나서 박쥐의 얼굴을 한대 후려쳤어.

낙타는 그 모습을 지켜보며 미칠 듯한 심정이었지. 그는 뱀을 때려줄 수 없었으니까. 그런데 네 명의 친구들이 힘을 합하여 그를 붙잡고 있었어. 그래서 낙타는 뱀의 다리를 힘껏 걷어찼지. 뱀이 비명을 질러댔어.

친구들이 모두 소리를 질렀지 '루바르브! 루바르브! 루바르브!'"

"왜요?"

한동안 숨을 죽인 채 잠자코 듣고만 있던 릴리가 또 물었다.

"그건 싸울 때 내는 소리거든.

그런데 그때 갑자기 누가 나타났어.

'여기서 무엇들 하고 있는 게냐?'

모든 아이들이 기절할 듯 놀라고 말았지. 목소리의 주인공은 다름 아닌 고즈볼이었거든. 뱀이 낙타를 가리키며 말했단다. '쟤는 미친 개예요. 제 다리를 물었어요.'

그러자 고즈볼이 낙타를 바라보며 물었지.

'네가 저 친구의 다리를 물었니?'

낙타는 교장 선생님의 질문에 그저 머리만 끄덕였어.

114

'어째서 그런 짓을 했지?'

그러자 박쥐가 나서서 대답했단다.

'뱀이 제 입을 주먹으로 쳤습니다, 교장 선생님.'

그러자 고즈볼은 이번에는 뱀을 돌아보며 말했어.

'네가 저 여학생을 때렸더냐?'

뱀은 고즈볼을 바라보았지. 내 생각엔 그 친구가 언제나 그랬던 것처럼 교장 선생님을 삐딱한 눈길로 째려보려고 애를 쓰는 것 같았어. 하지만 소용없는 일이었지.

'너희 두 사람 교장실로 가자.'

우리는 그 말이 무엇을 뜻하는지 잘 알고 있었단다. 체벌을 받으러 가자는 거였지.

요즈음은 학생들에게 매를 대는 게 금지 사항이지만 당시에는 그런 일은 사랑의 매라고 해서 통용되던 시절이었단다. 우리는 서로 안전 거리를 유지한 채 교장 선생님의 뒤를 따라갔지.

고즈볼은 교장실 안으로 들어가더니 당신 지팡이를 들고 나오시는 거야. 그러더니 말없이 지팡이를 들어 낙타를 가리켰어. 낙타가 교장실 안으로 들어갔지.

교장실 문이 쿵 닫혔어.

곧 이어 퍽! 퍽! 퍽! 퍽! 소리가 들려오더구나. 우리는 우리의 귀를 믿을 수가 없었단다.

대부분의 아이들은 단 한 대만 맞고 나도 훌쩍이기 마련이었거든.

나 같은 아이들은 두 대까지는 견딜 수 있었지. 슬러고 매패덴이란

애는 언젠가 손바닥에 윤활유를 바르고 들어갔어. 그 친구는 세 대까지 참아냈지.

하지만 그 때까지 고즈볼의 지팡이로 손바닥을 네 대씩이나 맞고도 비명을 지르지 않는 아이는 아무도 없었단다.

잠시 후 교장실 문이 열리고 낙타가 걸어나왔어. 그 친구의 얼굴은 근대 뿌리처럼 일그러져 있더구나. 이를 앙다물고 있는 그 친구의 눈에서는 눈물이 줄줄 흐르고 있었어. 하지만 그 때까지도 그 친구는 단한번도 비명을 지르지는 않았단다.

다음에는 뱀이 교장실로 들어갔어. 문이 닫히고 또 그 픽! 소리가 들려왔지.

하지만 뱀은 단 한 대를 맞는 순간부터 비명을 지르기 시작했어.

그런다고 매질을 멈출 고즈볼이 아니었지. 오히려 교장 선생님은 그 뱀이라는 친구를 세 대나 더 때리셨단다.

결국 교장 선생님은 뱀이라는 친구를 병원으로 데리고 가셨어. 뱀은 엉덩이에 파상풍 주사를 맞았지. 낙타의 이빨 자국에 독이 있을까봐 걱정이 되어서 그랬던 거란다.

우리는 학교 수업이 끝난 후 뱀이라는 친구를 한 대 더 때려 줄 생각이었어.

하지만 우리는 그렇게 하지 않았지. 소문이 나돌고 있었거든. 뱀이라는 친구에게 손가락 하나라도 대는 날에는 누구든지 낙타가 가만 안 놔둘거라는 소문이 말이다. 그렇다고 우리가 그런 소문이 두려워서 그랬던 건 아니고 다만 조심을 하고 싶었던 거지."

116

나는 이야기를 멈추고 릴리를 바라보았다.

"아저씨가 질문이 하나 있는데, 톡. 만일 박쥐가 시력이 좋아서 잘 볼 수 있었다면, 뱀의 매서운 눈초리를 보고도 그 여자 애는 '싫어'라고 말할 수 있었을까? 네 생각은 어떠니?"

릴리는 어깨를 으쓱해 보였다.

"모르겠어요."

나는 다시 후추통을 집어들었다.

"자 이제 또 다른 이야기를 골라보자."

22

"다음 질문은 선생님들을 위한 것이거든.

그런데 지금 우리는 학교에 있는 게 아니니까 네 어머니를 초대하면 어떨까? 꼭 이 이야기 한 가지만."

릴리는 잠시 생각에 잠겼다.

"좋아요. 꼭 한 가지 이야기만이에요."

나는 문을 열었다.

릴리가 소리쳐 제 엄마를 불렀다.

"엄마, 내 방으로 오세요!"

릴리의 엄마가 단숨에 달려왔다.

"왜 무슨 일이니, 괜찮아?"

나는 우리가 릴리의 엄마를 부른 이유를 설명했다.

"엄마는 꼭 한 가지 이야기만 들을 수 있는 거야. 지금은 내 이야기 시간이잖아."

릴리의 엄마가 딸의 침대에 걸터앉았다.

"릴리 어머니께 질문 하나 드리겠습니다. 내가 누구일까요? 나는 아주 호기심이 많은 동물입니다. 모든 사람이 내 호기심 때문에 엉덩이를 친답니다. 어느 날 나는 아주 커다랗고 녹회색을 한 림포포 강둑으로 갔습니다. 악어가 먹을 저녁거리를 마련하기 위해서였죠."

"그게 누구게, 엄마?"

릴리의 엄마가 가만히 미소지었다.

"아기 코끼리."

"엄마, 그걸 어떻게 알았어?"

릴리가 눈을 휘둥그렇게 뜨며 물었다.

"〈재미있는 이야기〉라는 책에서 읽었거든. 그래서 알았지."

나는 릴리의 엄마에게 후추통을 건네 주었다.

"뚜껑을 열어보세요."

릴리의 엄마는 후추통을 돌리기 시작했다.

"엄마 우선 그걸 엎어놓은 다음에 여는 거야."

"어떤 숫자가 나왔지요?"

릴리 엄마가 뽑은 숫자는 5, 무서운 이야기였다.

나는 전등불을 끄고 촛불을 밝혔다.

"옛날 옛날에 아무 것도 두려워하지 않는 한 사내가 있었습니다.

그 사내의 친구들은 언덕에 자리잡은 유령의 집에서 하룻밤을 보내라는 제안을 했지요. 그 사내는 주저없이 동의를 했습니다. 총을 들고 갈 수 있게 해달라는 조건으로 말입니다. 그렇다고 무엇을 두려워해서가 아니었습니다. 유령이 나타난다거나 아니면 그 사내의 친구들이 가짜 유령 행세를 할 경우 그들의 머리통을 한방 후려치기 위해서였지요.

그 사내의 친구들은 동의했습니다.

그날 밤 그 사내는 유령의 집으로 갔습니다.

현관문을 열고 안으로 들어섰지요.

층계를 올라갔습니다.

침실로 들어갔습니다.

침대에 올라가 몸을 뉘었습니다.

들고 간 총을 베개 밑에 놓아두었습니다.

침대 시트를 머리까지 뒤집어썼습니다.

그리고 잠이 들었습니다.

자정에 그 사내는 눈을 떴습니다. 창틈으로 새어드는 달빛이 환하게 빛나고 있었지요.

그런데 침대 발치께에서 유령 같은, 하얀 손을 가진 물체를 보았습니다.

그 사내는 겁에 질렸을까요?

그 사내는 정말 세상에서 아무 것도 두려워하는 게 없는 사람이었습니다.

그 사내는 베개 밑에 넣어두었던 총을 집어들었습니다.

그리고 방아쇠를 당겼습니다.

'아하하가하하아하가아아!!!'

그 사내는 왜 비명을 질렀을까요?

유령처럼 보이던, 하얀 손을 가진 이상한 물체는 침대 시트에서 삐져나온 그 사내의 엄지발가락이었습니다.

그러니까 그는 자기 발가락을 쏜 겁니다!"

나는 촛불을 후 불어 끈 다음 전등을 켰다.

"혹시 심장 마비를 일으킨 사람 있나요?"

내 질문에 릴리의 엄마가 소리를 질렀다.

"저요!"

릴리가 얼굴을 찡그리며 한마디 했다.

"그래, 정말 엄마는 그랬겠다."

23

릴리의 엄마가 방을 나섰다.

"문 꼭 닫아 주세요, 엄마."

나는 후추통을 집어들었다.

"수수께끼 놀이 할까?"

"싫어요."

"저런. 아저씨는 너에게 수수께끼를 하나 낼 생각이었는데. 3,500 살이나 된 거란다. 스핑크스의 수수께끼지. 아침에는 네 다리로 걷고, 점심에는 두 다리로 걷고 저녁에는 세 다리로 걷는 게 뭘까?"

"에이, 그건 너무 쉬워요. 사람이죠, 뭐."

"아니, 어떻게 그걸 알았지?"

내가 짐짓 깜짝 놀란 표정을 지으며 물었다.

"병동에 있는 친구가 말해 줬어요. 하지만 사람은 꼭 늙었을 때만 지 팡이를 집고 다니는 게 아니라구요. 제니 스토크도 지팡이를 집고 다 녀요. 그런데도 그 애는 이제 겨우 여덟 살이란 말이에요."

나는 릴리에게 후추통을 건네 주었다.

"잘 흔들어라."

24

릴리가 뽑은 숫자는 6이었다.

"와, 이 아가씨 뽑기 실력이 대단한걸. 이 번호는 아직 고르지 않은 번호 중에서 원하는 대로 선택할 수 있는 거거든."

"뭐가 남아 있어요?"

"1— 문제 풀이 이야기, 4— 웃기는 것만은 아닌 이야기."

릴리의 눈빛이 묘하게 변했다.

"〈천 마리의 종이학〉을 듣고 싶어요."

나는 가슴이 철렁 내려앉았다.

"그건 우스운 이야기가 아니잖아요, 그죠?"

릴리의 질문에 나는 말없이 고개만 끄덕였다.

"그 이야기를 듣고 싶어요. 〈천 마리의 종이학〉 이야기를 들려 주세요."

나는 길게 한숨을 내쉬었다.

"좋아. 그 이야기를 해 주마."

"눈을 감고 들어도 괜찮아요?"

"네 마음대로 하렴."

릴리는 눈을 감았다.

"1945년 8월 6일 8시 15분. 일본의 히로시마라는 곳에 원자 폭탄
이 떨어졌단다.

그 원자 폭탄은 십만 명 이상의 목숨을 앗아갔지. 원자 폭탄이 터졌
을 때 사다꼬는 두 살이었어.

그런데 사다꼬가 열한 살이 되던 해에 일이 벌어진 거야. 운동장에
서 놀고 있던 사다꼬가 갑자기 정신을 잃고 쓰러졌지 뭐냐. 병원으로
실려간 사다꼬는 혈액 검사를 받고 엑스레이를 찍었어. 검사 결과는
사다꼬가 백혈병에 걸렸다는 거야. 백혈구에 암세포가…"

릴리가 눈을 번쩍 떴다.

"그건 백혈구에 암세포가 생기는 게 아니구요, 조혈 세포에 암이 걸
리는 거예요."

그 말을 마친 릴리는 다시 눈을 감았다.

"…그래, 조혈 세포의 암. 사다꼬는 병원에 입원을 해야 했지. 다음
날 아침 사다꼬의 제일 친한 친구인 스즈꼬가 병문안을 왔어.

스즈꼬는 아픈 사다꼬를 위해 선물을 갖고 왔는데 그건 종이로 접은
학이었더란다.

'이 종이학이 너를 건강하게 해 줄 거야.'

스즈꼬의 말을 들은 사다꼬는 이상하다는 듯 눈을 깜박이며 이렇게
물었지.

'어떻게 종이 새가 내 병을 낫게 해 줄 수 있어?'

'학은 신비한 새거든. 만일 네가 종이학 천 마리를 접으면 그 순간 네 병은 다 나을 거야.'

사다꼬는 그 날부터 종이학을 접기 시작했단다.

1 … 2 … 3 … 4 … 5

종이학을 접는다는 건 생각처럼 쉬운 일이 아니었어.

10 … 20 … 30 … 40 … 50

사다꼬 오빠가 누이동생이 접은 종이학을 병실 천장에 걸어 주었지.

100 … 200 … 250

사다꼬의 병실은 종이학으로 가득 차게 되었어.

사다꼬는, 어떤 날은 종이학을 많이 접었어. 하지만 지독한 두통 때문에 아무 것도 할 수 없는 날도 있었지. 사다꼬는 온 뼈마디가 불에 타는 듯한 통증을 느끼곤 했어. 점점 현기증이 심해졌지.

그래도 사다꼬는 종이학을 접었어.

300 … 350 … 400

사다꼬의 잇몸이 너무나 많이 부어 올라서 음식을 씹을 수 없게 되었어.

410 … 420 … 430 … 440 … 500

그런데 어느날 종이학이 기적을 일으켰단다.

의사가 사다꼬에게 잠시 집에 다녀와도 좋다고 허락해 준 거야.

510 … 520 … 530 … 550 … 600

사다꼬는 다시 병원으로 돌아왔지.

의사는 사다꼬에게 수혈을 했어.

주사 바늘은 몹시도 아팠단다. 사다꼬는 그러나 아프다고 불평하지 않았대. 그 아픈 치료를 받으면서도 계속해서 종이학을 접었고 말이다.

610 ⋯ 620 ⋯ 630 ⋯ 640 ⋯ 641 ⋯ 642 ⋯ 643

사다꼬는 아주 쇠약해졌어.

남은 힘을 다해 사다꼬는 마지막 종이학을 접었지.

644

사다꼬는 종이학을 쳐다보았어. 종이학들은 병실의 창문을 통해 훨훨 날아갔어. 사다꼬의 병을 물고 말이다.

그 모습을 보고 있던 사다꼬는 잠이 들었지.

그리고는 두번 다시 눈을 뜨지 않았단다.

천 마리의 종이학이 사다꼬와 함께 묻혔대."

이야기를 끝낸 나는 릴리를 쳐다보았다. 릴리의 눈은 아직도 감겨 있었다. 그 사이 잠이 들었던 것이다.

나는 후추통과 촛대를 집어든 다음 발꿈치를 들고 살금살금 릴리의 침실을 빠져나왔다.

25

그날 밤 전화벨이 울렸다.

전화를 건 사람은 릴리였다.

"아저씨 이야기를 듣다 잠을 자버려서 죄송해요."

"괜찮아, 마음 쓸 거 없어. 병원에는 언제 돌아갈 거지?"

"내일 점심 때쯤에요. 아저씨 저를 만나러 오실 거지요?"

"일 분 간격으로 찾아가마."

"안녕, 털북숭이 다리."

"안녕, 톡."

26

릴리는 텔레비전을 보고 있었다.

"안녕, 톡. 잠깐만 방으로 들어올래."

"왜요?"

"너한테 줄 게 있거든."

우리는 릴리의 병실로 들어갔다.

"눈을 감으렴."

릴리가 눈을 감았다.

"손을 앞으로 내밀어봐. 자, 이제 눈을 떠보렴."

릴리는 눈을 뜨고 제 손을 들여다보았다.

"이게 뭐예요?"

"안 생일 선물."

릴리가 눈을 깜박거렸다.

"어서 열어보렴."

릴리는 포장지를 풀었다.

"책이네, 〈유리창을 통해서 앨리스는 무엇을 보았나〉, 그런데 안 생일 선물이 뭐예요?"

나는 웃음을 터뜨렸다.

"6장을 읽어봐. 험프티 덤프티가 너에게 안 생일 선물이 무엇인지 말해 줄 거야. 자, 아저씨는 이제 가봐야 한다. 다음 주에 또 만나자."

27

릴리는 침대에 앉아 있었다. 얼굴 가득 미소가 어려 있었다.

"안녕, 털북숭이 다리. 눈을 감으세요!"

"왜?"

"아저씨 주려고 안 생일 선물을 준비했거든요."

나는 눈을 감았다.

"손을 내밀어 보세요. 이제 눈을 뜨세요."

나는 눈을 떴다. 그리고 릴리가 내 손에 놓아 준 것을 바라보았다.

그것은 해골 반지였다.

"와우! 해골 반지구나. 어디서 이걸 구했지?"

릴리가 어깨를 으쓱했다.

"그건 아저씨하고 상관없는 일이에요. 어서 껴보기나 하세요."

나는 오른손 가운뎃손가락에 해골 반지를 끼었다.

릴리가 머리를 흔들었다.

"그 손가락에 말구요. 검지손가락에 끼세요. 팬텀도 거기에 반지를 끼고 다녔잖아요."

나는 가운뎃손가락에서 해골 반지를 빼내어 검지손가락에 끼었다.

릴리가 만족스럽다는 듯 씨익 웃었다.

"그건 진짜 해골 반지예요. 악당의 턱을 한 대 날려도 깨지지 않을 거라구요."

나는 릴리를 바라보았다.

"고맙다, 톡. 아저씨가 받아본 선물 중에서 최고의 안 생일 선물이구나."

28

그 후, 나는 릴리를 두 번 다시 만나지 못했다.

나에게 해골 반지를 선물해 준 사흘 후 릴리는 잠을 자다가, 말 그대로 자는 듯 세상을 떠났다.

돌아보니 벌써 10년 전의 일이다.

나는 아직도 그 해골 반지를 끼고 있다.

이제껏 그 해골 반지를 빼어본 적이 없다. 단 한번도.

물론 해골 반지를 낀 손으로 악당의 턱을 날려본 적도 없다. 하지만 나는 늘 그 반지를 바라본다.

그 반지를 바라보고 있자면 때로 이상한 느낌에 빠져들곤 한다.

나 혼자인 것 같지가 않다.

방안에 누군가가 함께 있는 것 같은 느낌.

눈으로는 그 사람을 볼 수 없다.

하지만 나는 안다.

그것은 톡이다.

그 애는 아직도 살아 있는 것이다!

릴리와 나

지은이 · 모세아론 / 역자 · 이계숙 / 펴낸이 · 최정헌 / 펴낸곳 · 좋은날

초판인쇄 · 1997년 4월 20일 / 초판발행 · 1997년 4월 25일 / 등록일자 · 1995년 12월 9일 / 등록번호 · 제 13-444호

주소 · 서울시 서대문구 충정로 3가 8-5호 (동아아트 1층) / 전화번호 · 393-0417,8 팩시밀리 · 313-0104

값 4,800원 ＊잘못된 책은 바꿔 드립니다.